KB231362

인생은 게임으로 통한다

인생은 게임으로 통한다

좋은 인생을 만드는 33가지 게임 원칙

문학을 지망하는 한 시골 아가씨가 현대 프랑스 소설가 미셸 투르니에의 집을 찾아와 문학을 주제로 이런 저런 이야기를 나누었다. 투르니에는 집에 사진 촬영 스튜디오까지 갖출 정도로 사진에 조예가 깊었기에, 화제는 자연스럽게 사진으로 옮겨갔다. 그는 아가씨에게 모델이 돼줄 수 있느냐고 물었고, 아가씨는 쾌히 승낙했다. 투르니에는 아가씨에게 카메라와 필름을 준비해 올 테니 스튜디오에서 기다리라고 했다. 그런데 돌아와보니, 아가씨가 누드 사진을 찍는 줄 알고 옷을 다 벗고 기다리는 것이 아닌가! 다시 옷을 입으라고 하면 아가씨가 더 난처해 할까봐, 투르니에는 아가씨를 누드로 세워놓고 얼굴 사진만 찍었다.

나중에 사진을 현상해보니 사진 분위기가 여느 초상 사진과 달랐다. 투르니에는 이 얼굴 사진을 '누드 초상화'라 이름 붙였다.

옷을 입고 있을 때의 얼굴과, 옷을 벗었을 때의 얼굴 분위기가 다르다는 것을 어떻게 이해해야 할까? 그 차이는, 비록 사진에서는 보이지 않지만 주인공이 '누드'라는 사실에서 비롯되었다.

우리 삶도 이와 마찬가지다. 보이는 것 뒤에 감추어진 보이지 않는 것들이 우리의 삶을 좌우한다. 그러니 그저 보이는 것뿐 아니라, 그 뒤에 감추어진, 그래서 보이는 것들에 영향을 미치는 것이 무엇인지 알아야 비로소 전체를 제대로 이해할 수 있다. 현상은 물론이고, 본질도 알아야 하는 것이다.

우리 인생살이에서 보이는 것 뒤에서 작동하는 원리가 바로 게임의 원리다. 예컨대 농구, 축구, 야구, 골프 같은 스포츠 게임을 보자. 이러한 게임을 이루는 요소를 꼽아보면 게임자·목적·규칙·심판·상벌·작전전략과 전술·시간·장소·관중·시스템 등이 있는데, 이런 요소들은 우리네 인생에도 고스란히 담겨 있다.

그렇기에 게임의 원리를 우리 삶에 적용해 풀어보면, 좀 더 풍요롭고 행복한 삶과 사회를 만드는 데 필요한 통찰력과 처방을 얻을 수 있다. 게임의 원리에서 인생의 원리를 터득한다고나 할까?

이 책에서 단편적으로나마 소개한 '게임 이론'도 바로 이런 전제 아래 세워진 것이다. 그러나 게임 이론은 매우 학술적이고 어려워서 보통 사람들이 이해하기 어렵다. 그래서 이 책에서는 기왕의 게임 이론을 좀 더 쉽게 풀어 실용적인 측면에서 접근하면서도, 앞서 말한 게임자·목적·규칙 등의 요소가 서로 연결망network으로 연계되어 있음에 주목하여 게임의 법칙과 원리를 살펴보았다. 굳이 이름을 붙인다면 '게임망 이론'game network theory이라고 할 수 있겠다.

우리 사회에서 벌어지는 수많은 게임들은 실제 서로 영향을 주고받는다. 완전하게 독립된 단일 게임은 존재하지 않는다. 그렇기에 게임은 본질적으로 경쟁이면서 동시에 협력이며, 함께 어울려 살려면 공정한 규칙이 반드시 필요하다. 공정한 규칙 아래 각자 능력과 노력을 다해 정정당당하게 겨루었을 때, 게임의 결과에도 기꺼이 승복할 수 있음을 우리는 잘 안다. 독자들이 이 책을 통하여 삶 가운데에서 이렇듯 일견 보편적이지만, 삶을 운영하는 데 기본이 되는 원칙이 있음을 이해하고, 더 나아가 위안과 힘을 얻기를 바란다.

2006년 12월

박정택

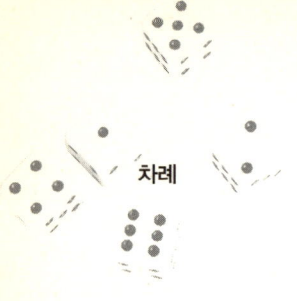

1장 인생을 게임으로 받아들여라

2장 이기고 지는 것은 게임의 목적이 아니다

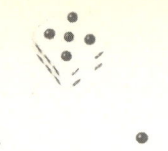

3장 원칙주의는 경제적이다

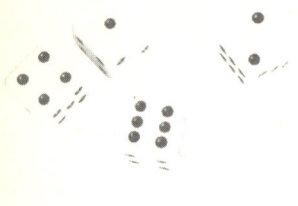

4장 풍요로운 게임 시스템을 구축하라

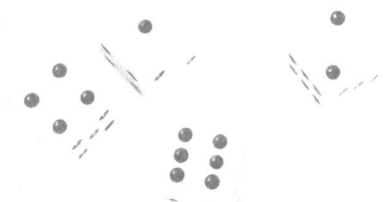

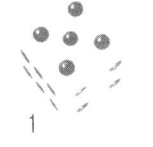

1

인생을 게임으로 받아들여라

인생은 게임이다!

"게임 오버야." "반칙하지 마." "룰을 지켜야지." "한 번만 더 걸리면 삼진 아웃이야." "골대 있다고 골 못 넣나."……

"That's the way the ball bounces."(다 그런 거지 뭐) "That's the name of the game."(바로 그렇게 하는 거야) "He knows the score."(상황을 잘 알아) "What's the game?"(무슨 일이야?) "What's the game plan?"(어떻게 할 거야) "I got a red card."(회사에서 짤렸어) "It's time to throw in the towel."(이제 포기할 때야)……

이 말들의 공통점은 우리 삶을 일종의 '게임'으로 본다는 것이다. 도대체 우리 삶과 게임은 어떤 공통점이 있는 것일까?

게임은 협력과 경쟁의 놀이다

게임의 정의부터 살펴보자.

- 규칙을 정해놓고 승부를 겨루는 놀이. — 『국어대사전』
- 규칙에 따라 경기하고, 그 결과로서 승리자의 기량·기술·힘 또는

행운의 우수성을 보여주는 시합 성격의 놀이. - 『옥스퍼드영어사전』

• 오락의 보편적 형태로 기분 전환이나 유흥을 위한 제반 활동이 포함되며, 흔히 경쟁이나 시합을 수반함.

땅따먹기도 게임이다

우리가 자주 접하는 게임에는 어른들의 바둑이나 장기·전자오락, 아이들의 고무줄 놀이나 땅따먹기 놀이, 경기장에서 하는 야구·축구·테니스·수영 등이 있다. 그래서 게임은 놀이, 유희, 오락과 동의어로 쓰이기도 한다. 이처럼 다양한 형태의 놀이와 경기를 모두 '게임'이라고 부르는 데에는 나름의 공통점이 있기 때문이다. 모두 '참여자들이 일정한 규칙 아래, 서로 협력하고 경쟁하며 목적을 달성하는 행위'라는 점이다.

게임은 인생의 축소판이다

그런데 우리의 일상을 떠올려보면 비록 '게임'이라고 명명하지는 않아도, 이 틀에 부합하는 상황이 매우 많다. 우리의 삶 자체가 게임의 연속이라고 해도 과언이 아닐 정도로, 일상생활에서 우리는 의식적이든 무의식적이든 게임 상황에 참여한다. 심지어 아이들은 특별한 장난감이 없을 때, 나름대로 놀이게임를 만들어 즐긴다.

게임은 사람이 여럿이 모여 사는 과정에서, 사람의 본성과 생활의 필요를 반영하여 생겨난 놀이오락이자 시합경기이다. 사람들의 지능·지혜·윤리 관념이 투입된 정신 작용의 산물이자, 삶의 욕구와 기대가 반영된 삶의 요구물이며, 공동체사회의 문화와 관습이 반영되어 발전해온 문화와 전통의 소산이 바로 게임인 것이다. 그래서 원시시대에는 원시시대의 게임이, 현대에는 현대인의 의식 세계를 반영하는 게임이 만들어진다. 곧, 게임은 당대의 삶과 사회를 반영하는 '인생의 축소판'이다.

게임으로 배운다

20세기 초, 어린이들이 길거리에서 즐기는 게임 1천 여 개를 조사한 영국 학자 메리 더글러스는 이 게임들이 역사적으로 보편성을 띠고 있음을 밝혀냈다. 스위스의 교육학자 장 피아제도 참여·규칙·인지 발달 면에서 어린이들의 구슬치기 놀이를 관찰한 끝에, 아이들이 놀이를 통해 '자아 중심적 품성'egocentric style에서 '사회 중심적 품성'sociocentric style으로 바뀐다고 결론지었다.

　게임과 인간 존재의 연관성을 다룬 저작 가운데 가장 주목할 만한 것은, 네덜란드 역사학자 요한 호이징가의 1938년작 『호모 루덴스』이다. 이 책에서 호이징가는 인간을 '놀이하는 인간', 즉 '호모 루덴스'homo ludens로 규정지었다. 즉, 놀이유희.

play가 인간의 본성이라고 한 것이다. 비록 놀이 본능이 인간
의 전유물은 아니라고 했지만, 호이징가는 놀이가 문화보다
더 오래되었다고 보았다.

게임하듯 산다면

호이징가가 본 놀이의 특성은 그 자체로 수단이 아니라 목적
인, 누가 시켜서 하기보다 자유롭게 하는 자발적 행위다. 또
놀이는 일상적 삶에서 벗어나 자유롭고 일시적인 활동 영역으
로 들어가는 '비일상적' 성격이 있으면서도, 삶의 반려로서 삶
을 가꾸고 확장시키는 삶의 불가결한 요소이다.

　일정한 시간과 공간 속에서 공정한 규칙에 따라 경쟁하는
놀이, 곧 게임은 시간의 한계성과 장소의 격리성 속에서 스스
로 질서를 창조하며, 그렇게 창조한 '질서 그 자체'가 된다. 이
질서 유지를 위해 정하는 것이 놀이의 규칙이다. 진정한 놀이

는 '공정한 놀이'[fair play]다. 그리하여 호이징가의 말대로, 놀이는 긍정의 문화를 만드는 데 기여한다.

게임은 인간의 본성이다

호이징가는 놀이, 곧 게임이 인간의 본성이라고 했다. 축구의 경우를 생각해보자. 근대 축구의 발상지는 잘 알려진 대로 영국이다. 1863년 12월, 열한 명의 풋볼 클럽 대표자가 런던에 모여 규약과 경기 규칙을 정했고, 이후 이 통일된 규칙을 바탕으로 전세계로 퍼져나갔다.

그런데 축구의 초기 형태를 찾아보면 꽤 오래 전으로 거슬러 올라가야 한다. 고대 로마와 그리스에도 '하르파스툼'과 '에피스키로스'라는 유사 축구 경기가 있었다. 이 게임들이 현대 축구와 얼마나 유사했는지는 정확히 알 수 없다. 다만 참가자들이 두 팀으로 나뉘어 공과 유사한 물건을 발로 차며 승부를 겨루었다는 점에서 현대 축구의 기본 틀에서 크게 벗어나지 않는다.

축구가 중국에서 생겨났다는 주장도 있다. 축구와 유사한, 발로 차는 게임에 쓰이는 돌공이 신석기시대 산시성에서 만들어졌고, 이후 한나라 때 오늘날의 축구와 매우 유사한 규칙으로 조직된 '축국'[蹴鞠]이 행해졌다는 것이다. 중국의 다른 토착 원주민들도 그들만의 축구 경기를 벌였다.[1]

이처럼 각기 다른 지리 조건과 문화적 배경을 가진 여러 지역에서, 각기 다른 시대에 유사한 형태의 놀이게임를 즐겼다는 것은, '게임'이 인류의 경험과 생각의 산물임을 보여준다.

스포츠맨십을 벤치마킹하라

2002년 월드컵에서 한국의 축구 대표팀이 4강 신화를 달성했다. 이어 2006년 세계야구클래식^{WBC}에서 한국 대표팀이 야구 강국 미국과 일본을 연달아 꺾으며 선전했다. 그때마다 축구 대표팀을 맡은 히딩크 감독과 야구 대표팀을 지휘한 김인식 감독의 리더십과 성공 전략을 분석하는 기사가 연일 신문 지면을 메웠다. 스포츠 게임 전략을 현실에 벤치마킹하는 것이 적합할까?

스포츠는 삶의 힌트를 준다

게임 원리는 우리 삶에 풍부한 영감을 제공한다. 스포츠 게임에서 삶의 원리를 배우고, 기업 경영 모델을 발견하고, 조직 관리나 인간관계의 힌트를 얻는 것은 이 때문이다. 게임이 인류의 경험과 생각의 산물이기에 가능한 일이다. 그래서 우리 각자가 다양한 게임장에서, 저마다의 목적을 갖고 뛰는 게임

자라고 생각해보면, 생각지도 못했던 혹은 알았지만 새삼스러운 삶의 원리가 드러난다.

관중이 지켜본다

정치는 게임의 원리가 가장 잘 적용되는 분야이다. 특히 선거는 곧잘 게임에 비유된다. 작게는 해당 지역, 크게는 온 국민이 참여하는 선거는 그야말로 '빅 게임'이다. 이 게임의 심판자는 선거관리위원회와 사법부일 것이다. 유권자는 심판자인동시에 투표에 참여하는 플레이어면서, 동시에 후보자 간의게임을 지켜보는 관중이다. 선거 게임은 유독 '반칙'이 난무하고, 결과에 불복하는 사례가 많은 것이 특징이다. 시야를 더넓혀보면, 두 개 이상의 정당을 규정한 '복수정당제'와 의회에서 여당과 야당 간의 토론과 협의를 유도하는 '회의 방식의 결정'은 민주주의 정치와 선거를 보증하는 중요한 게임 규칙이라고 할 수 있다.

주가 조작은 '핸들링' 반칙

경제 게임의 장에서는 '무한경쟁'이란 표현이 종종 쓰인다. 이 무한경쟁의 게임장에서 자주 벌어지는 반칙들을 축구 경기에 빗대어 살펴보자. 우선 불공정거래의 대표적 유형인 '주가 조작' 수법은, 축구에서 고의로 손이나 팔을 써서 볼을 처리하는 '핸들링' 반칙과 유사하다. 심판의 반칙 선언을 얻어내고자 심판을 현혹하는 행위를 하는 '시뮬레이션'일명 할리우드 액션 반칙은, 주식시장의 독버섯이라고 일컬어지는 '허위공시'와 비교된다. 또 선수가 볼과 최종 수비수보다 상대편 골라인에 더 가까이 있는 '오프사이드' 반칙은, 기업에서 장부를 조작해 이익을 부풀리거나 손실을 감추는 '분식회계'와 비교할 수 있다.[2] 이러한 반칙을 잡아내고 벌칙을 부여하는 심판 역할은 금융감독원과 공정거래위원회가 맡는다. 이 금융 당국의 공정성과 운영의 묘가 기업 간 '경제 게임'을 좌우한다.

벤치마킹 포인트는 '스포츠맨십'

이 밖에도 노동조합의 노동자와 경영자, 국제 관계에서 각국 정부 등 공동의 게임 목적 아래 저마다 유리한 결과를 내오려고, 정해진 규칙에 따라 경쟁과 협력을 벌이는 관계는 얼마든지 있다. 이런 대규모 게임에서 중요한 것은 올바른 명분게임의 목적과 공정한 플레이규칙 준수일 것이다. 우리가 스포츠 게임에서 벤치마킹해야 할 것은 구체적인 전술·전략이 아니라, 정정당당하게 게임에 임하는 '스포츠맨십'sportsmanship이다.

 골프가 사람을 바보로 만든다?

흔히 골프는 '신사의 게임'으로 불린다. 이와 어울리게, 골프의 발상지 스코틀랜드에는 '법은 악인이 존재한다는 전제 아래 만들어졌지만, 골프의 규칙은 고의로 부정을 범하는 게임자가 없다는 전제 아래 만들어졌다.'는 말이 전한다. 과연 '구성'(球聖)으로 일컬어진 아마추어 골퍼 바비 존스를 비롯한 많은 선수들이, 아무도 본 사람이 없는데도 "어드레스 후 볼이 조금 움직였다."며 스스로 신고하고 벌타(罰打)를 받았다. 이들에게 골프는 확실히 '선(善)의 게임'이 틀림없다.

그러나 한편에서는 "골프만큼 남을 속이기 쉬운 경기도 없다."는 말처럼, 곧잘 남의 눈과 자신의 양심을 속인다. 물론 골프 규칙 자체가, 그것을 완벽하게 숙지한 사람을 찾기 어려울 만큼 까다롭고 복잡한 까닭에 잘 몰라서 어기는 경우도 많다. 그렇지만 다른 스포츠에 비해 유난히 말도 많고 탈도 많은 사실에서 알수 있듯, 규칙을 어기기 쉬운 것이 사실이고, 바로 그 때문에 골프를 가리켜 특별히 '신사의 운동'이니 '선의 게임'이니 하는 명예로운 별명을 부여하고 지키라고 유도하는 것이기도 하다. 속이기 쉬운 게임이기에 명예를 특히 강조하는 것이다. 골프사가(史家) 밀튼 그로스의 말처럼, "골프는 사람을 변하게 한다. 정직한 사람을 거짓말쟁이로, 박애주의자를 사기꾼으로, 용감한 사람을 겁쟁이로, 모든 사람을 바보로 만든다." 이것이 바로 골프 게임의 특성이다.[3]

3 | 자살 선진국

행복과 경쟁은 반비례한다

2004년 우리나라의 자살자는 약 1만 2천 명. 하루 평균 32명이 스스로 목숨을 끊었다. 1994년만 해도 자살이 전체 사망 원인 중 9위였던 것에 비해, 10년 후에 4위로 치솟았다. 인구 10만 명당 자살자 수로 비교한 자살률도 우리나라가 경제협력개발기구OECD 국가 중 1위로 조사됐다.[4] 우리나라에서 유독 자살률이 급등하는 까닭은 무엇일까?

자살률과 행복 지수

사람에게 가장 중요한 것은 무엇일까? 저마다 다른 대답을 할 것이다. 그럼 약간 돌려서 질문해보자. 바람직한 사회란 무엇인가? 좀 더 구체적인 '정답'이 나올 수 있다. 사회 구성원들이 각자 만족과 행복을 느끼는 사회라고 말이다.

이렇게 본다면, 자살률이 상승하는 우리 사회는 바람직한 사회라고 말하기 어렵다. 이제는 먹고살 만해졌다는데, 국민

소득 2만 달러 시대가 목전에 와 있다는데, 사람들이 느끼는 만족과 행복 지수는 오히려 예전만 못하다. 왜 그런가?

돈이면 안 되는 일 없다?

2003년 삼성경제연구소가 서울대 사회발전연구소와 공동으로 성인 남녀 1,200명의 가치관을 조사한 결과, 20~30대의 절반이 '가능하다면 이민을 가겠다'고 대답했다. 전체 응답자의 58.8퍼센트가 '한국 사회의 빈부 갈등이 매우 심하다'고 했고, '한국은 일등에 대한 보상이 너무 큰 사회'라는 항목에 63.6퍼센트가 동의했다. 또 '한국 사회에서 돈이면 안 되는 일이 없다'는 말에 60.8퍼센트가 찬성했고, 국민의 70퍼센트 이상이 '우리 사회는 부패 문제가 심각하다'고 믿었다.[5]

"부자 되지 마세요~"

이는 우리를 둘러싼 게임 시스템의 변화와 관련이 있다. 우리의 변화 속도는 여느 나라를 능가한다. 급속한 근대화, 서구화, 도시화, 경제 성장…… 이 와중에 무한경쟁이라는 듣도 보도 못한 신종 '게임 시스템'까지 더해져, 사회 구성원들은 성장과 경쟁, 속도 위주의 게임에 내몰리고 있다. 우리가 "아무도 2등은 기억해주지 않는다.""부자 되세요." 같은 말에 선선히 동의하게 된 것은 불과 얼마 되지 않았다. 경쟁과 승리만을 부추기는 사회 분위기에, 우리의 게임 시스템 자체에 대한 불신이 결합하여 사람들을 예전보다 더 불행하고 불만족스럽게 만드는 것이다.

1,400억과 맞바꾼 행복

1971년 일본 고베의 무명 밴드에서 드럼 연주자로 활동하던 서른한 살의 이노우에 다이스케는, 손님들의 목소리에 맞게 반주를 미리 녹음해두면 좋겠다고 생각하던 차에, 단골손님이던 음치 사업가가 회사 야유회 때 쓸 반주가 필요하다고 하자 테이프를 녹음해주었다. 그리고 내친김에 자동차 스테레오와 소형 금고, 작은 앰프를 가져다가 조립하여 세계 최초로 '가라오케'를 발명했다. 그런데 다이스케는 특허를 내지 않아 갑부가 될 기회를 날려버렸다. 특허만 냈으면 약 1억5천만 달러(약 1,400억 원)를 벌었을 것으로 추산된다. 한 인터뷰에서 다이스케는 이렇게 말했다.

"그렇게 만든 걸로 누가 특허를 내겠다고 생각했겠느냐. 사람들이 가라오케에 맞춰 노래하는 행복한 얼굴을 볼 때마다 즐거워진다. 세계 곳곳에서 편지와 전자우편이 오고, 내 이야기가 영화로도 만들어졌다. 이 모든 것은 돈으로 살 수 없는 것들이다."

1999년 시사주간지 《타임》은 "마오쩌둥과 간디가 아시아의 낮을 변화시켰다면, 이노우에는 아시아의 밤을 바꿔놓았다."며, 그를 '가장 영향력 있는 20세기 아시아 인물' 중 한 명으로 선정했고, 2005년에는 일본에서 그의 삶을 소재로 만든 영화 <가라오케>가 개봉되었다.[6]

죽음의 경쟁을 넘어서

생태학에서 '니취'란 한 생물이 환경 속에서 갖는 역할과 기능, 위치와 지위를 뜻한다. 생태계에서 이 니취가 정확하게 동일한 또는 너무 비슷한 두 생물은 절대로 공존할 수 없다. 그렇다면 니취는 어느 한쪽이 죽어야 끝나는 비정한 생존경쟁을 의미하는가?

공존의 '다차원 공간이론'

우리가 아는 한, 동식물의 세계는 비정하고 냉혹하다. 그래서 두 생물이 환경에서 추구하는 바가 지나치게 겹치면 함께 살 수 없고, 반드시 한 종이 다른 종을 밀어낸다는 '경쟁 배타의 원리'가 통용된다. 니취도 얼핏 같은 류의 메시지를 담은 듯 보인다. 그런데 실상은 정반대이다.

원래 니취niche는 작은 조각품이나 꽃병을 올려놓으려고 벽면을 오목하게 파서 만든 장식 공간을 말한다. 이 니취가 생태학을 만나 만들어진 이론이 '다차원 공간이론'이다. 즉, 어떤 생물이든 환경 속에서 자기만의 독특한 공간, 즉 역할과 지위를 차지한다는 것이다. 이에 따라 지구 생물들은 오랜 진화의 역사를 거치며 서로 유사성을 줄여 공존할 수 있도록 변화해왔다. 오늘날 우리 지구를 덮고 있는 것은 이 엄청난 '생물 다양성'의 결과물이다. 죽음의 경쟁이 상생의 공존으로 진화했다고 할 수 있다.

사력을 다하지 않으면 게임이 아니다

게임의 묘미는 플레이어들이 서로 죽을힘을 다해 승리를 쟁취하는 데 있다. 경쟁은 게임의 본질적 특성이다. 그냥 두 편으로 나뉘어 공만 찬다면, 누가 축구에 열광하겠는가. 선수들이 상대편 골문에 더 많은 공을 넣으려고 애써야 축구이다. 그럼 기록으로 승패를 가르는 기록경기는 어떨까?

수영·육상·사격·역도·양궁 등의 기록경기는 누가 더 빠른지Faster, 더 높은지Higher, 더 힘센지Stronger, 혹은 더 많이 더 정확하게 정해진 목표에 도달하는지 경쟁한다. 이 세 가지 목표를 라틴어로 조합해낸 말이 'Le CAF'Citius·Altius·Fortius이다. 지금은 스포츠 용품 회사의 브랜드로 많이 알려졌지만, 실은 국제올림픽조직위원회IOC가 1926년 채택한 올림픽 표어이다.

죽을 수는 있지만, 패배하지는 않는다

그렇다면 우리는 왜 경쟁을 할까? 왜 게임 상황을 찾고 즐길까?

인간의 경쟁은 인간 본연의 이기적인 본성뿐 아니라, 어떤 방식으로든 자기 존재를 확대하려는 인간의 '자기확충적' 특성과 연관돼 있다. 20세기 미국 작가 헤밍웨이는 『노인과 바다』에서 이를 잘 표현했다. 주인공 노인은 갖은 고난 끝에 잡은 고기를 상어에게 빼앗긴 뒤 이렇게 말한다. "인간은 패배하기 위해서 태어난 것이 아니다. 인간은 죽을 수는 있지만, 패배하지는 않는다."

여섯 살, 경쟁의 출발

스포츠사회학자 P. J. 그린버그는 '나무 쌓기' 놀이로 어린이들의 경쟁의식 발달을 조사했다. 그 결과, 2~3세 아이들에게선 경쟁의식이 나타나지 않았으나, 3~4세가 되자 42.6퍼센트의 아이들에게서 경쟁의식이 발견됐다. 4~5세는 69.5퍼센트, 5~6세는 75.9퍼센트, 6~7세가 되자 무려 86.5퍼센트의 아이들이 경쟁의식을 드러냈다. 그린버그는 아이들의 경쟁의식은 5세 전후에 현저해져, 6세가 지나면 거의 확실하게 자리잡는다고 결론지었다.

경쟁을 멈출 수는 없다

사실 우리는 이 세상의 모든 생물체와 경쟁하며 살아간다. 먼 옛날, 동식물을 상대로 싸워 이기지 않으면 굶어 죽어야 했다. 사냥에 실패하면 굶어야 하고, 맹수를 사냥하다가 목숨을 잃기도 했다. 독이 든 식물을 잘못 먹어서 죽는 일도 적지 않았다. 이런 생존경쟁에서 승리한 자가 살아남았다.

오늘날 이런 유의 생존경쟁을 실감하기는 어렵다. 그러나 생각해보면 눈에 보이지 않는 박테리아나 바이러스 같은 미생물과 소리 없는 싸움을 벌이다 목숨을 잃는 사람이 얼마나 많은가. 의약 기술의 발달로 과거에 비해 인간의 '승률'이 획기적으로 높아지긴 했지만, 지금도 여전히 싸움은 계속되고 있다.

경쟁은 효율성의 어머니

우리가 다른 사람들을 상대로 벌이는 경쟁은 그 양상이 좀 더 복잡하다. 경쟁하지 않고 서로 도와가며 살 수만 있다면 더 바랄 것이 없겠으나, 그렇지 않다면 경쟁의식경쟁심을 긍정적으로 바라볼 필요가 있다. 실제로 경쟁의식은 인간에게 꼭 필요한 요소이기 때문이다. 경쟁심은 인간 개개인의 이기심과 자기확충 같은 '개체성'을 자극하여 최대의 능력을 발휘하게 한다. 그리하여 목표를 가장 효과적이고 능률적으로 달성하는

'효율성'을 극대화시킨다. 문제는 과유불급過猶不及, 지나친 경쟁에 있다.

좋은 경쟁이 삶의 질을 높인다

실제 우리 삶은 경쟁의 연속이다. 좋은 학교, 좋은 성적, 좋은 직장, 승진……. 바람직한 것은, 이렇듯 촘촘하게 얽힌 경쟁의 연결고리 속에서 '좋은 스트레스'eustress · euphoric stress를 주는 경쟁을 하는 것이다. 규칙을 지키는 정정당당한 경쟁은 좋은 스트레스, 다른 말로 '긍정적 스트레스'a positive form of stress를 선사한다. 정당한 경쟁은 만족감과 즐거움, 활력을 준다.

하지만 강요된 경쟁, 과도한 경쟁, 반칙주의는 '나쁜 스트레스'distress 혹은 '부정적 스트레스'a negative form of stress를 준다. 과도한 경쟁으로 인한 스트레스는 행복감을 떨어뜨리고, 삶의 질QOL ; quality of life도 저하시킨다. 경쟁의 효율성과 삶의 질, 이 사이에서 얼마나 균형을 잘 잡느냐가 관건이다.

5 | 구명정 윤리

구명정을 크게 만들자

바다 한가운데에서 배가 난파되었다. 그런데 정원이 제한돼 있어 모두 다 구명정에 태울 수 없다. 모든 승객을 다 태웠다가는 구명정마저 침몰할 것이다. 누구를 먼저 구해야 할까?

공멸이냐, 선택적 생존이냐

우리 사회가 과도한 경쟁으로 치닫게 된 데에는 여러 이유가 있겠지만, 무엇보다 우리 사회에 만연한 '구명정 윤리'를 들 수 있다. 공멸이냐 선택적 생존이냐를 따지는 구명정 윤리는, 공리론적 윤리론을 정당화하는 논리 가운데서도 가장 나쁜 윤리, 악성 사회진화론Social Evolutionism에 속한다.

구명정 윤리는 자원 고갈·인구 폭발·경제 침체 문제가 절박한 화두로 떠오른 1970년대, 선진 산업 부국들이 식량 원조 등이 필요한 후진 빈국들 문제를 논의할 때 등장한 논리다. 당시 극단적 서방 중심주의를 대표한 신다윈주의자Neo-Darwinian와 신맬서스주의자Neo-Malthusian들이 들고 나온 것이 구명정 윤리로서, 지금도 그 신봉자가 적지 않다.

구명정 윤리는 누구를 살리고, 누구를 굶어 죽도록 방치할 것인가 하는 문제에 도덕적·윤리적으로 접근하는 데 반대한다. 그 주창자들은 자원의 희소성을 전제로 못사는 나라들에 식량 원조 같은 도움을 주지 말아야 한다고 주장한다. 생존 능력이 없는 국가들에게 희소한 자원을 지원하는 것은 생존 기회가 있는 국가들의 몫을 빼앗는 행태로, 결국 전체의 생태학적 균형과 인류의 생존을 위험하게 만드는 비도덕적·비윤리적 지원이라는 논리다.

구명정 윤리의 3가지 전제

구명정 윤리는 빈국 문제를 해결하는 방안으로 다음의 세 가지를 전제한다.

첫째, 일부 국가는 결코 구제될 길이 없다.

둘째, 세계의 자원은 충분하지 않고, 모든 사람의 필요수요를 충족시킬 수 없다.

셋째, 희생되는 국가는 사라지게 되고, 그러면 더는 문제를 일으키지 않는다.

이 전제에 대한 반론은 이렇다.

첫째, 구제될 수 없는 국가는 따로 있지 않다.

둘째, 식량 증산과 분배로써 자원 부족 문제를 해결할 수 있다.

셋째, 빈국의 문제는 사라지지 않고 단지 연기될 뿐이다.

승리만이 유일한 '롬바르드식 윤리'

스포츠 게임에서 이야기하는 '롬바르드식 윤리'the Vinci Lombardi ethic도 일종의 구명정 윤리라고 볼 수 있다. 게르만 족의 일족인 롬바르드 족은, 서기 6세기 북이탈리아에 침입하여 랑고바르드롬바르디아 왕국을 세웠다. 이들이 내세운 신조는 '승리가 가장 중요한 것이 아니다. 승리만이 유일한 것이다.'Winning is not the most important thing; it is the only thing였다. 이런 철저한 승리지상주의 사고방식으로 무장한 이들은, 토스카나에서 스포레트, 베네벤트 지방까지 지배했다. 그러나 이들은 200여 년 만에 프랑크 왕국에 병합되며 멸망했다.

우리는 '우주선 지구호' 탑승자

구명정 윤리를 비판하며 제기되는 논리가 '우주선 지구호' Spaceship Earth이다. 1879년 미국의 정치경제학자 헨리 조지가 명저 『진보와 빈곤』에서 처음 이야기한 개념으로, 1963년 미국 저술가 벅민스터 풀러가 대중화시킨 용어이다. 지구를 하나의 우주선으로 보고, 이 우주선에 탄 인류가 운명공동체라고 인식한다면, 인류가 나아갈 길이 드러난다는 것이다. 그 길이란 강자만 살아남는 피 튀기는 경쟁이 아니라, 약자를 돕고 끌어안는 협력에 있으며, 더 나아가 상생의 공존에 있다.

인디언이 사는 법

아메리카 인디언들은 생명을 가진 모든 것들과 조화롭게 사는 법을 알았다.

그들은 백인들의 횡포와 폭력 앞에서 '어머니 대지(大地)'를 먼저 생각했고, 자연과 더불어 사는 지혜를 지녔다. 땅을 팔라는 백인들의 요구에, 시애틀 추장은 이런 편지를 보냈다.

"우리가 어떻게 공기를 사고팔 수 있단 말인가? 대지의 따뜻함을 어떻게 사고팔단 말인가? 부드러운 공기와 재잘거리는 시냇물을 우리가 어떻게 소유할 수 있으며 또한 소유하지도 않은 것을 어떻게 사고팔 수 있는가? 햇살 속에 반짝이는 소나무들, 모래사장, 검은 숲에 걸린 안개, 눈길 닿는 모든 곳, 잉잉대는 꿀벌 한 마리까지도 모두 신성한 것들이다. 우리는 대지의 일부분이며, 대지는 우리의 일부분이다."[7]

관계가 본질을 바꾼다

중국 베이징에 있는 나비의 날개짓이 다음달 뉴욕에서 폭풍을 일으킬 수 도 있다는 과학 이론이 '나비효과'이다. 애초에는 지구 어디에선가 일어난 조그만 변화가 다른 지역의 날씨에까지 영향을 미치기 때문에, 그만큼 날 씨를 예측하기 어렵다는 주장의 근거로 쓰였다. 나비효과 이론을 '우주선 지구호' 논리와 어떻게 연결지을 수 있을까?

변화를 끌어내는 '관계'의 마술

'나비효과'butterfly effect 이론을 맨 처음 주창한 사람은 미국의 기상학자 에드워드 로렌츠이다. 이 이론은 날씨 예측의 어려 움과 함께, 작은 변화가 엄청난 결과로 이어질 수 있음을 증 명하여 나중에 물리학의 카오스 이론의 토대가 되었다. 처음 에는 나비가 아니라 '갈매기효과'였다고 한다. 그런데 이 나비 효과 이론은 변화의 동기와 속도뿐만 아니라, 변화를 이끌어내는 '관계'까지도 암시한다.

인생은 관계 게임이다

지구상에 존재하는 모든 것이 하나의 운명공동체에 속해 있다고 보는 우주선 지구호 논리는, 모든 개체의 상호연관성을 강조한다. 지구상 모든 개체와 여러 자연·사회현상들이 독립적으로 존재하는 것이 아니라, 서로 복합적인 관계망 안에서 영향을 주고받고 있음을 전제하는 것이다. 나비효과 이론과 우주선 지구호 논리는 이 전제를 공유한다는 점에서 같은 범주 안에 묶을 수 있다. 실제로 모든 사회 게임은 '연계게임'network game, '연쇄게임'chain game, '이음새 없는 게임'seamless game·단절 없는 게임의 결과라 할 수 있다.

나와 너가 만나면 더 큰 합合이다

이런 연계게임의 본질은 동양적 사고와 잘 통한다. 음양의 전체적인 조화와 상생의 원리를 중시하는 동양철학과, 불교의 윤회사상 및 연기설緣起說, 심신의 음양 조화와 맥락적인 치료 및 예방을 강조하는 동양의학 등의 영향이다. 그러나 서양에서도 일찍이 철학·종교·의학·과학 등의 분야에서 일부분을 철저히 파고드는 개체론적개인주의적 접근법뿐 아니라, 부분의 합인 전체에 대한 전체론적일원론적·신비론적·holistic 접근법도 발달했다. 부분의 합은 원래의 합이 아닌 새로운 전체로서의 합이라는 주장의 신비로움을 강조하려고, 전체를 뜻하는 영어 단어 'whole'에서 'w'를 빼고 'holistic'이라 명명했다고 한다.

나는 맥락의 산물이다

'현재는 과거의 결과물'이라는 말은, 우리 삶이 끊김 없이 연결되어 있음을 말해준다. 또 나의 삶은 다른 삶, 사회, 자연과 연관돼 있다. 나의 삶이 나만의 삶이 아닌 것이다. 이러한 우리 삶이 만나서 만들어내는 사회와 사회현상, 국가, 우주, 만물이 독립된 것일 수 없다.

　정보통신·교통 혁명으로 전 세계가 유기적으로 연결되어 중동 지역의 작은 사건이 세계 금융중심지인 월 가를 강타할 정도로, 한 지역의 미세한 변화가 금방 다른 지역에 큰 영향을 줄 수 있다는 경제학의 '파동이론'Wave Principle도 이런 맥락에서 볼 수 있다. 즉, 지구상의 모든 존재와 현상은 어느 것 하나 끊김 없이 잘 직조된 망상網狀 조직네트워크network으로 묶인 것이다.

인맥 혹은 관계망

이제 도구를 망원경에서 현미경으로 바꿔보자. 우리의 삶, 특히 대한민국 구성원의 삶은 얼마나 촘촘한 관계망으로 짜여져 있는가. 공적·사적으로 형성된 사회 연결망인 '인맥'relationship, network 없이는 아무것도 할 수 없는 곳이 우리 사회이다.

2003년 중앙일보와 연세대학교 사회발전연구소가 공동으로 조사한 결과에 따르면, 서로 모르는 두 사람이 서로 연결되는 데에는 3.6명의 지인이 필요하다고 한다. 이는 서너 다리만 건너면 누구나 다 형이요 후배가 될 수 있을 만큼 사회 연결망이 촘촘한 사회라는 뜻이다. 한국 사회를 연결하는 '연줄'로는 지연보다 학연이 더 끈끈했다.[8]

혼자 발전하는 것은 없다

물론 우리 삶에는 인간관계라는 연결망만 있는 것이 아니다. 사람과 사람, 사람과 나라, 나라와 자연……, 삶의 구성물을 어떻게 조합해도 바로 연결망이 만들어진다. 그럼 서로 다른 분야의 연결망이 어떻게 조합되어 어떤 결과를 낳는지 스포츠 게임과 텔레비전 중계의 사례를 들어 살펴보자.

스포츠 게임이 텔레비전에 최초로 등장한 것은 1936년 독일 베를린올림픽 때이다. 1931년 미국에서 첫 시험방송을 시작한 지 5년 만이었다. 텔레비전이라는 신 매체와, 수십 년의 역사를 지닌 올림픽의 만남은 엄청난 결과를 낳았다. 텔레비전 수요가 폭발적으로 급증하고, 각 종목의 스포츠 게임도 덩달아 활발해지는 연계효과가 나타난 것이다. 이후 텔레비전 보급률의 증가와 첨단 중계시스템의 발전 등으로 스포츠 게임은 엄청난 변화를 겪는다.

텔레비전이 스포츠를 바꾸었다

사실 텔레비전은 스포츠를 상업화 혹은 자본주의화하는 데 결정적으로 기여한 일등공신이다. 스포츠는 텔레비전 중계를 통해 지역과 국경을 넘어섰다. 스포츠에 얹혀진 광고는 상품의 대량소비를 확산시켰고, 운동으로 백만장자가 된 '스포츠 귀족'과 스포츠 관련 산업은 막대한 규모의 시장을 만들어냈다. 텔레비전은 이런 자본주의 스포츠 메커니즘을 완성하는 결정적인 축이었다.

대중매체의 위력은 스포츠 게임 규칙을 바꾸는 데까지 나아갔다. 중계에 어려움이 있다는 이유로 골프 경기가 매치플레이홀마다 승부를 겨뤄 이긴 홀이 많은 쪽이 승자가 되는 방식에서 스트로크 방식정해진 라운드의 스코어 합계로 순위를 가리는 방식으로 바뀌었고, 농구의 전·후반제는 광고 시간을 늘리려고 4쿼터제로 변경됐다. 야구와 축구 등도 텔레비전의 요구에 맞춰 규칙을 고치려는 시도가 계속되고 있다.

 스포츠 귀족 1호, 베이비 루스

미국에서 프로야구의 자본주의적 속성을 가장 먼저 간파하고 적극적으로 대응한 선수는, 야구사에 불멸의 이름을 남긴 조지 허먼 루스(베이브 루스의 본명, 1895~1948)였다. 그는 홈런을 날린 뒤 어린이 팬들에게 핫도그를 돌리는 기분파였고, 방망이를 들어 홈런 방향을 예고하는 깜짝 이벤트의 연출자이기도 하였다. 루스로 인해 '선수는 팬들을 즐겁게 해줄 의무가 있다.'는 프로의 철칙이 불문율로 정착하게 된다.

그는 또한 스타의 그림자인 언론과 '한통속'이었다. 사진기자들에게 그 어떤 모델보다 '그림이 되는' 자세를 취해줬다. 그는 타자의 호쾌한 홈런이야말로 야구 보는 즐거움의 첫걸음임을 입증한 최초의 메이저리거였다. 수비 야구에 익숙한 팬들에게 그의 홈런 세례는 황홀한 매직쇼였다.

그의 치솟는 인기는 '황금'을 불러들였다. 그가 생전 광고 수입으로 벌어들인 돈은 50만 달러(6억 원)에 이른다. 전성기(1930) 연봉 7만5천 달러의 몇 배에 달하는 액수이다. 그는 프로스포츠는 돈을 투자해야 승자가 될 수 있음을 입증한 첫 선수이기도 했다. 그가 보스턴 레드삭스 구단주의 잇단 사업실패로 1919년 뉴욕 양키스로 거액에 팔리면서 그 유명한 '밤비노(루스의 애칭)의 저주'가 시작된다. 베이브가 합류한 양키스는 1923년 처음으로 월드시리즈 정상을 차지하며 승승장구했으나, 보스턴은 그렇지 못했기 때문이다.[9]

이기주의의 딜레마를 깨뜨리라

'제로섬게임'과 '윈윈게임'의 차이점은? 또 '루즈루즈게임'이란 무엇인가?
제로섬게임^{Zero-sum Game}은 게임 참가자의 이득과 손실의 총합이 제로
가 되는 게임이고, 윈윈게임^{Win-win Game}은 게임 참가자가 모두 이득을
보는 게임이며, 루즈루즈게임^{Lose-lose Game}이란 게임 참가자가 모두 손
해를 보는 게임이다. 이처럼 모든 관계를 게임으로 푸는 '게임 이론'은 우
리 삶과 어떤 연관이 있을까?

게임, 전략적 상호작용

게임 이론^{Game Theory}이란 더 정확히 말해, 우리의 사회적·경
제적 현상을 전략적 상호작용이 존재하는 게임 상황으로 전제
하고, 그 속에서 바람직한 결과를 얻으려면 어떤 전략을 선택
해야 하는지를 제시하는 이론이다. 최근 경제학·경영학·정
치학·사회학 등 사회과학은 물론이고, 생물학·수학 등 자연

과학에서도 활발하게 응용·연구되고 있다.

그중에서도 경제학을 중심으로 많이 응용되는데, 이는 경제적으로 상호관계에 있는 개인·기업·정부 등 경제 주체들 사이에서 게임의 결과로 초래되는 이해득실이 명확하기 때문이다. 특히 경영학이나 회계학에서 주주 간, 주주와 경영자 간 전략적 관계나, 주인－대리인 문제를 다룰 때, 또 국제정치학의 대응 전략이론이나 국제무역 분야에서 이해가 상충되는 전략적 상황에서 합리적인 행동을 도출하는 문제에 통찰력을 제공해주는 유용한 분석 도구로 활용되고, 행정학에서는 정책 분석 및 결정의 도구로 쓰인다.[10]

천재가 만들어낸 게임 이론

처음 게임의 정의와 해解·solution 개념을 수학적으로 정립한 사람은, 헝가리 출신의 천재 이론물리학자 폰 노이만이다. 이후 1944년 노이만이 이론적인 분석틀을 제시하고, 오스트리아 출신 경제학자 오스카 모르겐슈테른이 이를 경제사회적 상황에 적용하여 설명한 『게임 이론과 경제적 행태』를 공동 출간하며 이론적 틀을 갖추었다.

그리고 1950년, 영화 <뷰티풀 마인드>의 주인공이었던 미국의 천재 수학자 존 내쉬가 스물두 살의 나이로 게임 이론의 초석이 된 박사학위논문을 제출했다. 20세에 카네기 공대를

졸업한 내쉬가 프린스턴대 수학과에 진학할 때 지도교수가 써 준 추천서 내용은 유명하다. "이 사람은 천재입니다."

1969년 노벨경제학상이 제정되자, 스웨덴 왕립협회 수상위 원회는 경제학 발전에 기여한 게임 이론 분야에 노벨상을 주 려 했다. 하지만 박사학위 취득 후 정신질환을 앓게 된 내쉬 를 빼놓을 수도, 그렇다고 제정신이 아닌 그에게 상을 주기도 곤란하여 내쉬가 사망하기만 기다렸다.

그러다가 병세가 점차 호전되어, 1994년 내쉬는 존 하사 니·라인하르트 젤텐과 함께 노벨경제학상을 공동 수상했다.[11] 2005년 노벨경제학상도 게임 이론가 토머스 셸링 등에게 돌아 갔다.

게임을 이해하면 최선이 나온다

게임 이론은 비전문가가 깊이 이해하기도 어려울 뿐 아니라, 그럴 필요도 없다. 널리 알려진 '죄수의 딜레마'prisoner's dilemma 는 일정한 조건에서 경쟁자 간의 경쟁 상태를 모형화하여 참여자의 행동을 분석함으로써 최적의 전략을 선택한다는 '게임 이론'의 원리를 잘 보여준다.

죄수의 딜레마는, 1950년 미국의 최초 '두뇌집단'이라 할 수 있는 랜드연구소의 두 과학자 메릴 플러드와 멜빈 드레셔가 발견하고, 이 연구소의 자문역인 앨버트 터커가 다듬은 것이다. 죄수의 딜레마 모형은 다음과 같은 상황을 가정한 뒤, 두 용의자 사이에 벌어지는 게임의 전략과 보수를 설정하고, 그들이 합리적이라면 과연 경찰 조사에 어떻게 대응할 것인지를 예측하는 모형이다.

자백을 유도하는 심리게임

경찰이 한 형사 사건의 공범으로 보이는 두 용의자를 체포하여 격리된 독방에 수용하고, 각자 조사를 시작했다. 용의자의 혐의를 입증할 만한 증거는 확실하지 않다. 경찰은 두 용의자 사이의 심리게임을 이용해 자백을 유도하려 한다.

두 용의자가 모두 범행을 자백하면, 이들은 각각 징역 4년형을 선고받을 것이다. 하지만 두 용의자가 끝까지 범행을 부인하면, 증거불충분으로 각각 2년형씩 선고받게 된다. 이때 한 명은 끝까지 범행을 부인하는데, 다른 한 명은 범행을 자백한다면? 범행을 부인한 용의자는 위증죄가 추가되어 형량이 5년으로 늘고, 대신 자백한 용의자는 정상이 참작되어 집행유예를 선고받고 석방될 수 있다.

이를 도표로 만들면 다음과 같다.

		용의자 B	
		부 인	자 백
용의자 A	부 인	A 2년 B 2년	A 5년 B 석방
	자 백	A 석방 B 5년	A 4년 B 4년

이런 상황에서 두 용의자가 선택할 수 있는 최선의 행동은 무엇일까? 용의자 A는 용의자 B가 자백할 경우와 범행을 부인할 경우 등 두 가지 가능성을 생각할 수 있다.

우선 용의자 B가 자백한다면, 용의자 A도 자백하는 것이 유리하다. 괜히 혼자 범행을 부인하다가 더 무거운 처벌을 받을 수 있기 때문이다.

용의자 B가 범행을 부인할 때에도, 용의자 A는 B를 배신하고 범행을 자백하는 것이 유리하다. 따라서 용의자 A는 용의자 B의 행동 여부에 상관없이 자백하는 것이 최적의 행동이다.

이 상황은 용의자 B에게도 마찬가지다. 조사를 받기 전에

자백을 하지 말자고 굳게 약속했다 하더라도, 결국 둘 다 자
백을 할 수밖에 없는 것이다.

상호작용의 딜레마, 내쉬 균형

죄수의 딜레마 모형은, 자기 이익을 극대화하는 각 게임자의
합리적 선택이 사회적공범 관계으로도 합리적일 수는 없다는 사
실을 일깨운다. 개인 이익의 극대화를 추구하는 경쟁 게임이
공동체 전체를 놓고 볼 때는 가장 바람직한 '사회적 최적'과는
괴리가 있을 수 있는 것이다.[12] 개인의 합리적 선택이 '사회적
함정'social trap에 빠질 수 있는 상황은 우리 주변에서도 많이
발견된다. 이처럼 '더 나은 방법이 있어도 상대와의 상호작용
때문에 그것을 택하기 어렵다'는 명제에서 나온 것이 '내쉬 균
형'Nash Equilibrium이다. 다음 사례를 보자.

내쉬 균형 깨뜨리기

- 두 맥주회사가 시장을 과점하는 상황에서 한 회사가 텔레비전 광
  고를 하느냐광고 공세 하지 않느냐광고 자제를 결정해야 할 때, 광고 자
  제가 두 회사에 모두 더 유리한데도 불구하고 결국 광고 공세를
  선택한다.

- 한 지역의 소규모 종합병원 두 곳이 값비싼 첨단 의료장비를 도입

하는 문제를 결정할 때, 두 회사 모두 '구입 자제'가 더 유리한데도 불구하고 '장비 구입'을 선택하여 과잉 투자하게 된다.

● 이해가 상충하는 두 나라가 대립할 때, 한쪽은 다른 나라가 자국의 이익을 우선해 내릴 결정을 동시에 고려한 이기적인 선택을 해야 한다. 그런데 이는 전체적으로 보면 최악의 선택이 될 수 있을 뿐 더러, 그 자체가 균형 상태이기 때문에 더 이상 변화할 동인이 없다. 예컨대 미국이 다른 나라를 희생양으로 몰아붙이는 선택을 해야 자국의 이익에 부합한다면, 다른 나라 역시 미국을 같은 방법으로 몰아세우는 것이 자국의 이익을 도모하는 최선책이 되는 것이다. 이런 상황은 전체적으로 볼 때 어느 쪽에도 도움이 되지 않지만, 그 자체가 균형 상태가 되는 것이다.

이처럼 내쉬의 균형은 개인이 자기 이익을 극대화하고자 사회 전체의 이익공공이익에 반하는 '합리적 무시'rational ignorance를 선택한다는 한계로 인해, 결과적으로 나를 포함한 모든 이에게 불합리한 선택이 일어나는 상황이다. 이 불합리한 균형 상태를 깨뜨리려면 어떻게 해야 할까?

협력 없는 게임을 중단시키라

약한 학생을 집단 따돌림시켜 집중적으로 공격하는 비열하고 비인간적인 경기. 얼굴이나 특정 신체 부위를 겨냥해 공을 던지는 수치스럽고 모욕적인 경기. 가능한 한 세게 공을 던져야 하는, 무의식적으로 폭력성을 부추기는 경기. 이 경기는 무엇일까?

비인간적인 피구를 금지시키라

미국에서는 20세기 내내 초등학교 체육 시간에 자주 하는 피구避球·dodgeball를 둘러싼 논쟁이 끊이지 않았다. 급기야 1980년대부터는 아동정신의학자, 체육심리학자, 체육교사들이 연대하여 '반피구운동'을 벌였다. 그 결과, 2001년 미국 내 대부분의 초·중등학교에서 피구가 금지되었다.

피구는 두 팀으로 나뉘어 한 개의 공으로 상대편을 맞히는 놀이로, 끝까지 공에 맞지 않고 살아남는 선수가 속한 팀이 이기는 경기다. 그런데 학교 체육 시간에 가장 운동신경을 키워야 할 '굼뜬' 학생이 1차 제거 대상이 되어, 집중 공격을 받고 퇴장당함으로써 신체 발달 기회를 박탈당할 뿐 아니라 모멸감을 느끼게 된다는 비판의 목소리가 높았다.

반론도 있다. 어차피 현실적으로 누구나 사냥꾼이자 먹잇감이 되는 일종의 '피구 세계'ª dodgeball world에 사는 마당에, 피구 경기가 그런 세계에 대한 두려움을 떨칠 수 있는 '성장의 기회'를 제공해준다는 것이다. 기름진 음식을 먹으며 비디오게임에 몰두하는 것보다는 낫다는 주장이다.

극단적인 경쟁으로 이루어진 '피구 월드'

피구와 대비되는 경기로 럭비가 있다. 영국에서는 럭비를 '신사의 운동'이라고 부른다. 화합과 단결을 최우선으로 여기는 경기 방식 때문이다. 럭비는 뒤따르는 선수에게 계속 공을 돌려 동료 선수에게 득점할 기회를 만들어주는 경기다. 공적은 다른 선수에게 돌리고, 자신은 희생을 감수해야만 승리할 수 있는 게임인 것이다.

그렇다면 피구와 럭비의 차이점은 무엇일까? 바로 협력의 있고 없음이다. 극단적 경쟁으로만 이루어진 피구 세계와, 철저한 협력과 자기희생으로 꾸려지는 '럭비의 세계'는 분명 다르다.

혼자서는 게임할 수 없다

게임은 상대편 없이 성립할 수 없다. 혼자 즐기는 컴퓨터게임도 실은 가상의 게임 상대가 있기에 가능하다. 이는 게임이 어떻게 성립하는지 살피면 더 분명해진다. 게임, 특히 스포츠 게임은 참가자들이 게임을 하기로 합의해야만 성립한다. 이 합의 속에는 규칙과 승복이라는 약속이 포함된다. 즉, 게임이란 합의의 산물이고, 이 합의는 협력을 전제하는 것이다. 스포츠 게임만 그런 것이 아니다.

협력은 우리의 생존과 밀접한 연관이 있다. 인간이 서로 협력하는 까닭은, 생존에 유리한 '생물학적 생존과 안정 추구'의 본성 때문이다. 그리하여 우리는 어떤 집단에라도 소속되고자 애쓰고, 다른 사람들에게 인정받으려고 한다. 이는 '인정감과 존중감의 추구'라는 인간 본성의 발로이다. 이렇게 볼 때, 협력이란 것은 우리 인간의 생존을 보장하는 게임의 전제 조건으로, 협력에 대한 합의 없이는 게임을 할 수 없음을 알 수 있다.

협력의 두 갈래, 공생과 상생

그렇다면 '협력에 대한 합의'란 무엇인가. 상대편을 협력의 상대로 인정한다는 뜻이다. 더 나아가 상대편과 같이 살겠다고共生, 의지하며 살겠다고相生 약속하는 것이다.

엄밀히 말해, '공생'과 '상생'은 다른 개념이다. 공생은 쌍방이 서로 이익을 주고받는 '직접적인 상호의존성'을 말한다. 반면 동양의 오행설에서 비롯된 상생은, 본래 흙이 쇠를 낳고, 쇠가 물을 낳으며, 물이 나무를 낳고, 나무가 불을 낳는, 토금수목화土金水木火의 순환 흐름을 의미한다. 공생처럼 서로 이익을 주고받는 것이 아니라, 내가 끼친 이익이 돌고 돌아 결국 다시 나에게로 돌아오는 관계의 '간접적인 상호의존성' 혹은 '순환 과정의 상호의존성'이 상생인 것이다.

인간관계는 승부게임이 아니다

2005년 말, 코리아리서치센터가 직장인 501명을 대상으로 실시한 설문조사에서 10명 중 4명이 '인간관계 때문에 직장 생활이 힘들다'고 대답했고, 직장에서 자신을 힘들게 하는 사람으로는 '상사'34.9퍼센트가 꼽혔다.[13] 협력 없는 경쟁 탓이다.

경쟁과 협력의 균형이 얼마나 중요한지 보여주는 대표적 사례가 부부 관계이다. 부부 관계를 게임으로 보는 데 거부감을 느낄 수도 있지만, 결혼은 엄연히 '계약'약속에 바탕한 일종의 게임이다. 불화하거나 이혼하는 부부는 결혼이라는 게임의 성격을 잘 이해하지 못한 경우이다. 두 사람이 서로 협력하여 외부의 경쟁에 대응해가는 한 팀의 구성원임을 망각하고, 대결과 경쟁에만 몰두하면 그 관계는 '승부 게임'으로 변질되고 만다.

최선의 윈윈 전략, 코피티션

사실 기본 사회 규범으로 헌법과 기타 법률, 명령, 조례 등을 정해놓고 이를 위반시 처벌하기로 약속한 것도 우리 사회에 내재한 협력의 기제이다. 루소와 로크, 홉스 등 서양의 근대 정치철학자들 역시 정치공동체 성립의 근원으로 '사회계약'과 같은 합의를 전제로 삼았다. 현대 들어서는 미국의 자유주의 정치철학자 존 롤스가 '최소 수혜자의 최대 혜택'이라는 '정의의 원칙'principles of justice · 공정의 원칙을 제시했다.196쪽 참조

협력의 가치를 바탕으로 한 경쟁의 가치에 주목하여 나온 개념이 '코피티션'co-opetition이다. '협력을 바탕으로 한 경쟁'을 뜻하는 코피티션은 협력Cooperation과 경쟁Competition의 합성어로, 1996년 미국 예일대 교수인 베리 네일버프 교수와 하버드대 애덤 브란덴버거 교수가 같은 제목의 책을 펴내며 처음 사용했다.

저자들은 기업들이 서로 경쟁하면서도 윈윈win-win을 위해 공동으로 사업을 모색하는 등 전략적 제휴가 늘어나는 현상을 경영학적으로 분석했다. 이전투구식 경쟁의 한계를 극복하고, 협력과 경쟁의 장점을 모아 '함께 시너지를 낸다'는 전략적 비즈니스 이론이라고 할 수 있다. 코피티션 개념은 '패자가 있어야 승자가 있다.'는 논리를 뒤집으며 빠르게 확산되었다. 그러나 가만히 들여다보면 이 개념은 그리 새로울 것이 없다. 더불어 사는 지혜는 우리가 누누이 강조해온 것이기 때문이다.

간디의 게임 법칙

인도의 민족운동가 마하트마 간디가 출발하는 기차에 간신히 올라탔다. 그런데 그만 신발 한 짝이 벗겨져 철로 위에 떨어졌다. 그러자 간디는 나머지 신발 한 짝도 벗어서 먼저 떨어진 신발 쪽으로 던졌다. 누군가 두 짝 다 주워야 쓸모가 있다고 생각한 것이다.

이 순간적인 행동 속에 간디가 추구하는 삶의 게임 방식이 고스란히 담겨 있다.

인도의 독립운동을 지도할 때 간디의 두 가지 원칙은 '진리파지'(사탸그라하)와 '비폭력'(아힘사)이었다. '진리파지'란 우리가 남과 겨룰 때 사사로운 감정이나 내가 속한 집단의 이해타산 때문이 아니라, 오로지 양쪽을 모두 위한다는 진리를 꼭 쥐고(파지), 진리에 입각해야 한다는 주장이다. 예컨대, 인도가 왜 영국에 대항해서 싸워야 하는가. 영국이 인도를 식민지화하면 인도인들의 비인간화와 아울러, 남을 비인간화하는 영국인도 마찬가지로 비인간화한다. 그러기에 인도인이나 영국인 다 같이 인간화하기 위해 인도의 독립이 필요하다는 식이다.

싸우더라도 '너도 살고 나도 살자'는 진리를 붙들고 싸우면, '윈-윈(win-win)'게임이 된다는 것이다. 진리파지의 행동이 바로 비폭력이다.

인생을 게임으로 받아들일 때 명심할 10가지 원칙

1. 게임은 협력과 경쟁의 놀이다

2. 스포츠맨십을 벤치마킹하라

3. 승리가 행복을 가져다주지는 않는다

4. 나 자신을 위해 경쟁하라

5. 좋은 경쟁이 삶의 질을 높인다

6. 최선을 추구하라

7. 이기주의의 딜레마를 깨라

8. 게임은 혼자 할 수 없다

9. 인간관계는 승부게임이 아니다

10. 협력과 경쟁이 어우러진 '코피티션'을 하라

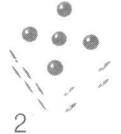

2

이기고 지는 것은 게임의 목적이 아니다

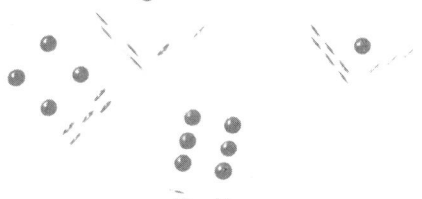

아베베는 승리를 위해 달리지 않았다

1964년 10월 21일. 에티오피아의 아베베 비킬라가 제17회 로마올림픽에 이어, 도쿄올림픽에서 마라톤 2연패의 위업을 이뤘다. 비록 '맨발의 아베베'는 아니었으나, 대회 출전을 불과 한 달 앞두고 맹장 수술을 받은 그인지라 세계는 아베베의 투혼에 숙연해졌다. 사상 처음으로 텔레비전 생중계된 로마올림픽에서 받은 금메달로 아베베의 명성은 높아질 대로 높아진 상태였다. 다음 기회는 얼마든지 있었다. 그런데 아베베는 왜 고통을 참고 뛰었을까?

장애인올림픽에서 따낸 양궁 금메달

아베베의 고난은 여기서 끝나지 않았다. 1968년 개최된 멕시코올림픽에서 우승하면 아베베는 마라톤 3연패 신화를 이룰 수 있었다. 그러나 아베베는 대회 직전에 입은 다리 골절상으로 중도에 레이스를 포기해야 했다. 부상이 심해 아예 하반신

이 마비돼 뛸 수도 걸을 수도 없는 상태였다. 그러나 그는 금메달의 꿈을 접지 않았다. 1970년, 아베베는 9개월에 걸친 피나는 훈련 끝에 장애인올림픽에서 마침내 또 하나의 금메달, 그의 생애에서 가장 값진 금메달을 목에 걸게 된다. 마라톤이 아닌 양궁 종목에서였다. 아베베 비킬라, '피는 꽃'이라는 그 이름대로 그는 생의 마지막 순간까지도 '피는 꽃'이었다.[14]

죽음의 사막 마라톤

'사막 마라톤'이란 게임이 있다. 일주일 동안, 고통스러운 모래 폭풍을 뚫고 사막 구간을 완주하는 것이다. 사하라 사막 230킬로미터, 몽골 고비 사막 253킬로미터……. 대회 참가자들은 각자 일주일치 식량과 침낭, 기타 필수품을 배낭에 메고 뛴다. 대회에 참가하기 전, 참가자들은 출퇴근 때 배낭에 돌

을 넣고 다니거나, 100킬로미터 혹은 200킬로미터 울트라 대
회를 완주하며 몸을 단련시킨다. 그렇게 단련하고 와도 전체
참가자의 5~20퍼센트 정도는 중도에서 포기한다.

22개국 90명의 선수들이 참가한 2005년 5월 열린 고비사막
마라톤에서는, 5~6일째 90킬로미터 구간을 달리는 '롱 데이'
에서 20여 명의 선수가 탈락했다. 이날 1등은 17시간 40분,
꼴찌의 경기 기록이 112시간 21분이니 62시간 이상 차이가
난다.

왜 달리는가?

이 마라톤 참가자들의 고통은 이루 말할 수가 없다. 체중이
10킬로그램 정도는 주는 것은 예사고, 몸에서 빠져나온 소금
기와 황사로 옷은 엉망이 되고, 발바닥은 물집이 잡혀 속살이
드러난다. 밤에 지표 하나 없는 사막에서 길을 잃었을 때 엄

습하는 두려움, 옆에서 코피를 쏟으며 쓰러지는 동료 선수, 이미 바닥까지 드러난 체력으로 사막을 달릴 때 머릿속에선 하루에도 열두 번씩 '포기'라는 말이 떠오를 것이다. 전 구간을 완주하고 받는 대가라야 손바닥만한 메달이 전부이다. 그래서 이 마라톤 완주자들의 환호와 탄식, 눈물 혹은 웃음이 예사로 보이지 않는다.

한계를 넘고자 달린 프리폰테인

1975년 5월 30일, 불세출의 육상 선수 스티브 프리폰테인이 교통사고로 사망했다. 이듬해 열릴 몬트리올올림픽 출전을 준비하던 중 24세의 나이로 세상을 떠난 것이다. 그는 20대 초반에 2천 미터에서 1만 미터까지 모든 중거리 종목에서 미국 신기록을 모조리 갈아치운 전설적인 선수였다. 그의 별명은 '프리'free. 체육 명문 오리건대학에 다닐 당시, 육상팀 코치진의 충고를 무시하고 자기만의 방식으로 매 순간 있는 힘껏 내달리는 통에 얻은 애칭이었다.

그의 극적인 삶을 소재로 만들어진 <위드아웃 리밋>이라는 영화에서, 프리는 기록에 연연하지 않는 자유로운 사람으로 그려진다. 그는 왜 그렇게 빨리 달리고 싶어했을까? 영화 속 그는 가쁜 숨을 토해내며 이렇게 대답한다. "나의 한계를 넘어서고 싶어서."[15]

목적이 이끄는 삶

아베베, 사막 마라톤 참가자, 스티브 프리폰테인. 이들에게
왜 달리느냐고 묻는 것처럼 어리석은 질문도 없을 것이다. 최
소한 이들의 목적이 승리가 아님은 누구나 알 수 있다.

무슨 종류의 게임이든 그 참가자들에게는 게임을 하는 목적
이 있다. 승리, 만족감, 단련, 부와 명예……. 누구나 1차 목
적은 승리겠지만, 지고도 행복한 게임이 있고, 이기고도 불행
한 게임이 있다. 이기고 지는 것만이 게임의 목적은 아니라는
뜻이다. 승리가 나의 행복을 보장해주는 것은 더 더욱 아니다.
곧, 게임의 목적은 '의미'의 다른 말이다.

지더라도 행복할 수 있다

1936년 베를린올림픽의 최고 영웅은 육상 100미터와 200미터, 멀리뛰기, 400미터 릴레이에서 우승한 미국 흑인 선수 제시 오언스였다. 올림픽을 통해 독일 아리안 족의 우수성을 과시하려던 히틀러 정권으로서는 당혹스러운 일이었다. 그런데 오언스가 올림픽 영웅이 된 데에는 멀리뛰기 종목에서 오언스의 라이벌이던 루츠 롱의 도움이 컸다. 독일 선수였던 루츠 롱은 왜 오언스를 도왔을까?

금메달보다 값진 은메달

멀리뛰기 예선에서 두 차례 시기에 실패한 오언스에게 남은 기회는 이제 단 한 번. 오언스는 어찌할 바를 몰랐다. 이때 오언스와 함께 강력한 멀리뛰기 우승 후보로 꼽히던 독일 선수 루츠 롱이 다가왔다. 그리고 오언스의 스텝과 발구름 선을 재어보더니, 오언스의 스웨터를 발구름 선 옆에 가져다 놓았다.

오언스가 두 차례나 실패한 것은 어느 지점에서 몸을 솟구쳐야 할지 정확히 가늠하지 못했기 때문이다. 롱의 도움으로 예선을 무난히 통과한 오언스는, 결승에서 롱을 물리치고 금메달을 땄다. 루츠 롱은 은메달을 차지했다.

뒷날 오언스는 "비록 멀리뛰기에서 내가 금메달을 차지했지만, 스포츠맨십으로 따진다면 롱이 금메달리스트였다."고 했다. 그런 오언스였기에, 2차대전 때 롱이 시칠리아 전선에서 스물두 살의 젊은 나이에 전사했다는 소식을 듣고 친형제를 잃은 것처럼 통곡했다. 오언스는 전쟁이 끝난 뒤 루츠 롱의 아들 카이 롱을 찾아가 못다 한 우정을 이어갔다.[16]

눈물의 여자 태권도 결승전

2000년 5월, 미 콜로라도 주 스프링스에 있는 올림픽트레이닝센터에서 열린 태권도 미국올림픽 대표 선발전 여자 49킬로그램 이하급 결승전에서 보기 드문 장면이 연출됐다. 당시 1998년 월드컵 플라이급 챔피언인 18세의 케이 포와 21세의 한국인 2세 에스터 김은 올림픽 출전 기회를 놓고 마지막 승부를 벌이는 중이었다. 그런데 뜻밖에 에스터가 기권을 선언했다. 전후 사정을 모르는 관중석에서는 의문의 탄성이 터져나왔고, 매트는 이미 눈물바다였다. 사연을 들은 관중들도 목이 메지 않을 수 없었다. 이날 정작 경기를 포기해야 했던 쪽은 에스터가 아니라, 준결승전에서 무릎을 다친 케이였던 것이다.

"쓰러진 친구를 상대로 이긴들……"

케이와 에스터는 1987년부터 에스터의 아버지 도장에서 동고동락한 사이로 자매나 다름없었다. 그러나 태권도를 할 때만큼은 승부를 예측하기 어려운 맞수였다. 당시 두 사람은 하나 남은 올림픽 출전 기회를 놓고 양보 없는 일전을 벼르고 있었다. 그런데 에스터가 갑자기 기권을 선언한 것이다. "쓰러진 친구를 상대로 올림픽에 나간들 마음이 행복할 수 없다." 에스터는 그렇게 말했다. 두 사람은 경기장에서 눈물범벅이 되어 서로 기권하겠다고 다퉜다. 결국 케이가 올림픽에 출전했다.[17]

국제올림픽위원회는 브라질 리우데자네이루 회의에서 에스

터 김에게 특별상을 주기로 결정했다. 후안 안토니오 사마란치 위원장은 에스터 김이 사는 미국 휴스턴으로 직접 전화를 걸어 "아름다운 행동에 찬사를 보낸다."고 칭찬한 뒤, "IOC는 아버지와 함께 시드니 올림픽을 참관할 수 있도록 관련 경비 전액을 지원하는 특별상을 주기로 했다."며 격려했다. 에스터 김은 "포는 경기할 수 있는 기회가 생겼고, 나는 포가 경기하는 모습을 보게 돼 뭐라고 말할 수 없이 흥분된다."고 기뻐했다.[18]

승리지상주의가 앗아간 풍요로움

루츠 롱과 에스터는 왜 경쟁자를 돕고, 기권까지 했을까? 두 사람의 이야기는, 단지 승리만을 생각한다면 절대로 있을 수 없는 일이다. 이것이 얼마나 어려운 일인지 잘 알기에 많은 사람들이 '정정당당한 경기' '참다운 스포츠맨십'을 보여준 두 선수에게 찬사를 보냈을 것이다. 그러나 이제 스포츠 경기에서 이런 모습을 보는 것이 점점 더 어려워지고 있다. 특히 한 번의 승리와 패배가 곧 돈으로 연결되는 프로스포츠 세계에서는 승리 그 자체가 게임의 목적이 된다. 그래서 스포츠 사회학자 G. 골드스타인은, 스포츠에서 승리에 너무 집착하다 보니 관중들이 세련된 기교와 우아함, 대담함, 아름다움 같은 풍요로운 경험을 할 기회를 점점 잃고 있다고 했다.[19]

과도한 훈련, 그 목적은?

2004년 대한축구협회가 16세 이하 청소년 대표팀을 대상으로 전문 기관에 체력과 메디컬 테스트를 의뢰한 결과, 선수 29명 가운데 절반이 넘는 선수가 과사용증후군근육 인대 관절 이상과 과훈련증후군심장 박동 이상. 몸의 산성화을 보였다. 허리 근육과 무릎 연골이 손상된 선수도 나왔고, 만성피로를 호소하는 선수는 무려 70퍼센트에 달했다. 더욱 충격적인 사실은 30퍼센트 정도의 선수가 지나친 훈련으로 성장 장애를 겪고 있다는 점이었다.

축구 선진국에선 유소년 선수들의 훈련 시간이 하루 2~3시간에 불과하다. 반면 2002년 실시한 일산백병원 설문조사 결과에 따르면, 한국 유소년 선수들의 훈련 시간은 최대 7시간, 평균 4.57시간이다. 결국 성적 올리기에 급급한 학원축구가 청소년 선수들을 망가뜨리고 있는 것이다. 성장기에 지나친 훈련을 받은 선수들은 나중에 성인이 되어서도 근육이나 관절에 고질적인 병을 앓는다.[20]

"운동과 공부 둘 다 하고 싶어요"

2000년 시드니올림픽을 앞두고 국가대표로 선발된 중학교 2학년생 여자 수영 선수 장희진은 학교 수업을 계속 받을 수 있도록 배려해달라고 체육 당국에 요청했다가, 다른 선수들과의 형평성 등을 이유로 거부당하고 결국 선수촌을 이탈했다. 수

영연맹은 그해 시드니올림픽 출전 자격을 박탈하는 중징계를 내렸다.

장희진은 '운동 기계'가 되기 싫다며 태릉선수촌 입촌을 미루다가 대표팀에서 제외된 뒤, 2001년 미국 유학길에 올랐다. 2005년 일시 귀국한 장희진은 그동안 명문 필립스 아카데미 앤도버에서 밤샘 공부를 하며 수영을 계속했다고 밝혔다. 그 결과, 3년간 미국 동부 지역 고교연합 최우수선수[MVP]와 《보스턴 글러브》가 선정하는 '올해의 수영선수'로 선정됐다. 장희진은 4년 전액 장학금과 무료 의료 혜택은 물론, 학업에 필요한 개인 카운슬러 배정 등 파격적인 조건을 제시한 텍사스대학 경영학과에 입학했다. 장희진은 말했다. "수영에서 아직 끝을 못 봤어요. 최선을 다해 도전해볼 겁니다. 어릴 땐 몰랐는데 체계적으로 배우다보니 갈수록 좋다는 걸 느껴요."[21]

내게 가치 있는 길을 선택하라

눈앞의 승리만을 목적으로 게임에 임한다면, 몇 번의 작은 승리는 얻을 수 있을지 모른다. 하지만 그런 게임은 결과적으로 게임자들을 소모시키고, 게임 내용을 빈약하게 만들며, 정작 중요한 게임을 놓치게 한다.

항상 이기고, 주연만 하다가 끝나는 인생은 없다. 자기실현은 승리와 큰 역할에 있지 않다. 지더라도 행복할 수 있다. 모든 것은 나의 선택이다. 삶이라는 길에는 나만을 위한 표지판이 없다. 내가 좋아하는 길, 내게 가치있는 길을 선택하는 것은 그래서 중요하다. 그래야 결과에 상관없이 행복한 인생을 살 수 있다.

 장미란의 웃음

2004년 아테네 올림픽 여자 역도에서 은메달을 딴 장미란 선수. 국내 언론에서는 석연치 않은 판정으로 금메달을 도둑맞았다며 안타까워했지만, 막상 당사자인 장미란은 너무나 환한 얼굴로 시상대에 나타났다. 상처투성이인 손을 흔들며, 장미란 선수는 은메달을 따게 되어 너무 행복하다고 말했다.

올림픽 경기가 열릴 때마다, 우리나라는 종합 메달 순위를 매긴다. 그러나 사실 국제올림픽위원회는 공식적으로 국가별 순위를 매기지 않는다. 나라마다 나름의 기준을 정해 순위를 매기는데 그 방식은 크게 두 가지이다. 금·은·동메달의 차이를 두지 않고 개수만 더해 순위를 정하는 '메달 합계'(medal total) 방식과, 메달의 가치에 차등을 두어 아무리 많은 수의 은메달이나 동메달이라도 금메달 하나보다 못하게 보는 '메달 가치'(medal value) 방식이다. 우리나라는 두 번째 방식을 채택하고 있다. 오로지 1등만 기억하는 것이다. '아깝게 놓친 은메달' '아쉬운 동메달'에 익숙한 우리에게, 2004년 올림픽 은메달리스트 장미란 선수는 신선하고 즐거운 충격으로 다가왔다.

11 | 교도소의 <고도를 기다리며>
삶의 의미를 찾아라

1957년, 장기수를 수용하는 미국의 샌퀜틴 교도소에서 사뮈엘 베케트의
연극 <고도를 기다리며>를 공연했다. 재소자들이 이 연극을 이해할 수 있
을까 모두 우려했지만, 뜻밖에도 재소자들은 모두 진지하게 관람하고, 공
연이 끝나자 열광적으로 환호하며 기립박수를 보냈다. 재소자들은 현대 부
조리극의 대표작이라 할 수 있는 이 연극에서 어떤 의미를 발견한 것일까?

재소자들은 무엇을 기다렸을까?

베케트의 1969년 노벨문학상 수상작 <고도를 기다리며>에는
별다른 줄거리나 사건, 기승전결이나 논리적 인과관계가 없
다. 그래서 '공감'하지 못하는 사람이 보기에는 천하에 재미없
고 무의미한 연극일 수 있다. 그러나 1953년 프랑스 파리의
소극장에서 처음 상연된 이후로 전 세계 곳곳에서 지금까지도
꾸준히 사랑받고 있다.

나무 한 그루 달랑 있는 황량한 무대에서 블라디미르와 에스트라공이라는 두 떠돌이 사나이가 '고도'라는 미지의 인물을 끝없이 기다리다가 연극은 끝난다. 고도가 누구인지, 진짜로 올 것인지, 언제 올지, 모든 것이 불확실하지만, 두 사내는 끝없이 기다린다. 고도는 끝내 나타나지 않는다.

나의 무엇을 기다리는가?

장기수들은 이 연극에서 무엇을 보았을까? 부조리한 세계에서 무의미하고 무기력하게 살아가는 인간. 우리가 삶에 부여한 거창한 의미를 한 꺼풀 벗겨내면, 사막처럼 황량한 실존의 조건만이 나타날 뿐이다. 사람들은 이 재미없는 연극이 담은 무의미함에 충격을 받았고, 교도소 재소자들 역시 열렬한 공감을 보냈던 것이다. 한 발 더 나아가, <고도를 기다리며>는 이 무의미한 현대의 삶에서 '내가 기다리는 것' '내 삶의 의미'가 무엇인지 고민하는 계기를 마련해주었다.

삶의 무의미함에 맞서라

베케트가 예리하게 제시했듯, 우리 현대인의 삶은 하나의 기계 부속처럼 맞물려 돌아갈 뿐 별다른 의미를 찾기 어려운 삶이다. 그러나 그렇다고 해서 우리의 삶이 무의미한가? 그렇지 않다. 나름대로 다 귀하고 의미 있는 삶이 우리의 인생이다. 그렇기 때문에 그리도 간절히 '고도'를 기다리는 것이다. 고도를 기다리지 않는 순간, 우리 삶은 무의미함이라는 나락으로 떨어질 것이다. "살아갈 이유를 아는 사람은 거의 어떠한 상황에서도 견뎌낼 수 있다."는 니체의 말은, 우리가 삶의 무의미함에 저항하는 까닭이 무엇인지 그 힌트를 제공한다.

의미는 힘이 세다

오스트리아 출신의 저명한 정신분석학자 빅토르 프랑클은, 인간과 의미 혹은 가치의 관계를 다룬 『인간의 의미 추구』라는 책으로 유명한 사람이다. 이 책은 2차대전 당시 나치의 유대인 강제수용소에서 누이 외에 부모·아내·형제 등 온 가족을 잃고 자신은 끝까지 살아남은 프랑클 본인의 이야기를 담고 있다. 3년 동안 가족을 포함한 다른 사람들이 수용소의 극한 상황을 견디지 못하고 죽어나갈 때, 삼십 대 후반의 정신과 의사 프랑클은 어떻게 그 죽음의 수용소에서 버틸 수 있었을까? 그를 살게 한 것은 무엇이었을까?

'의미'는 희망보다 강하다

프랑클의 수용소 생활은 말 그대로 죽느냐 사느냐의 생존 게임이었다. 이 게임 초기에는 모든 수용자들이 살아 나갈 희망을 품고, 어떻게든 견디려고 했을 것이다. 그러나 같은 방 동

료가 가스실로 불려 나가고, 영양실조와 질병까지 겹치자 절
망 속에 사망자 수가 점점 늘어났다. 1944년 말 독일이 연합
군에 패배하고 유대인들이 모두 석방된다는 소문이 잠시 돌다
가, 이듬해 초에도 변함없는 상황이 이어지자 평소보다 열두
배나 많은 사람이 죽었다.

　그러나 프랑클은 살아 나가겠다는 희망을 놓지 않았다. 그
렇다면 다른 사람들은 왜 희망을 버렸을까? 프랑클은 끝까지
자신의 의지와 희망을 지탱해준 '무엇'을 '의미'meaning라고 규
정했다. 그가 말하는 의미란, 희망이나 기대를 품을 '이유'이
기도 했다. 의미이유는 의지를 넘어서는 무엇, 바로 '목적'이었
다. 프랑클은 곧 자기가 해야 할 일이 있음을 알았다.

의미에서 힘을 얻는 '로고테라피'
프랑클은 틈틈이 써둔 원고를 아우슈비츠 수용소로 이송될 때

몰수당했다. 그는 그 원고를 다시 써서 출간해야겠다는 강렬한 열망이 수용소의 혹독한 환경에서 살아남을 수 있도록 도와주었다고 술회했다. '수용소처럼 극한 상황에서 삶의 조건, 생명과 희망의 함수관계 등을 학술적으로 규명하고 밖에 나가 그것을 널리 전파하자.'

프랑클은 원고를 다시 쓰려고 조그만 종이 조각에 메모를 해두고, 어두운 간이 막사에서 원고를 집필한 것이 죽음의 위험을 극복하는 데 큰 도움이 되었다고 확신했다.[22] 이 원고는 1955년 『의사와 영혼 : 로고테라피 입문』으로 출간되었다. 그리고 자신의 수용소 경험을 『죽음의 수용소에서 실존주의로』라는 책으로 펴내며, 20세기의 가장 영향력 있는 지성인으로 자리잡았다. 그는 인간은 '의미'를 찾는 데서 가장 근본적인 힘을 얻는다는 명제에서 출발하여, 그것을 신경정신질환 치료에 활용한 실존분석적 정신요법 '로고테라피'logotherapy·의미치료요법를 창시하고 확산시켰다.

삶은 나에게 무슨 기대를 거는가

"정말로 중요한 것은 삶에 대한 우리의 자세를 변화시키는 것이다. 모름지기 나 자신부터 알아야 한다. 그리고 좌절한 사람에게 이렇게 일러주어야 한다. '우리가 삶에 거는 기대는 그다지 중요하지 않다. 중요한 것은 삶이 우리에게 거는 기대다.' 삶의 의미가 무엇인지 묻지 말라. 그 대신 나 자신을, 매일같이 삶에게 질문을 받는 나란 존재를 생각해야 한다. 그 대답은, 말이나 명상이 아닌 올바른 행동과 처신으로 해야 한다. 궁극적으로 삶의 의미는, 삶의 문제에 책임지고 올바른 대답을 찾아내는 것이다. 그리고 각자 자기 앞에 끊임없이 놓여지는 삶의 과제를 수행해나가는 것이다."[23]

의미에는 가치가 필요하다

우리는 무엇을 위해서 사는가? 건축 현장에서 벽돌을 쌓는 사람에게 "무얼 하느냐?"고 물었을 때, "일당 3만 원짜리 일을 하고 있다."고 대답하는 사람과 "대성당을 짓는다."고 대답하는 사람의 삶이 같을 수 없다.

살기 위해 산다는 사람도 그 내면을 들여다보면, 단순한 '생존' 이상의 의미가 분명 있을 것이다. 강제수용소 같은 극한 상황에서는, 이런 의미 찾기와 의미 부여가 생사를 가르는 중대한 요건이 된다. 내 삶에 어떤 의미를 부여할 것인가? 삶의 목적을 돈 버는 데에만 두는 것은, 일차적인 생존을 목적으로 살겠다는 뜻밖에 되지 않는다. 이렇게 볼 때, 의미목적를 정할 때 반드시 고려할 것은 그 목적의 '가치'라 하겠다.

법정 스님, "살아갈 이유가 있다면…"

1955년 출가해 70년대 중반 전남 순천 송광사 뒷산에 손수 불일암을 지어 홀로 살아오다, 명성을 듣고 사람들이 몰려들자 90년대 초 '버리고 떠나기'란 글모음을 남기고 강원도 산골 오두막으로 훌쩍 떠난 법정(法頂) 스님. 스님은 죽음을 두려워하지 말라며 "살아갈 이유가 있는 사람은 어떠한 환경에서도 살아남게 된다."고 말했다.

"죽음을 어둡고 기분 나쁘게 생각하지 말아야 한다. 죽음도 삶의 한 모습, 삶의 한 과정이다. 죽음이 없다면 삶은 무의미해진다. 죽음이 받쳐주고 있기 때문에 삶이 빛날 수 있는 것이다. 죽음이 싫으면 살 줄 알아야 하고, 사는 즐거움을 누려야 한다. 무엇보다도 살면서 목적과 목표가 있어야 한다. 살아갈 이유를 갖고 있는 사람은 어떤 어려운 환경에서도 살아남게 된다."[24]

13 | 마라톤 영웅의 슬픈 표정

진정한 승리는 부끄럽지 않다

다음은 2002년 10월, 독일의 한국대사관 문화홍보원이 운영하는 웹사이트에 슈테판 뮐러라는 이름의 독일인이 마라톤 영웅 손기정의 사진을 보고 올린 글이다.

"나는 어느 여름날 우연히 접한 사진 한 장 때문에 한국, 아니 한민족에 얽힌 엄청난 이야기를 접했다. 1936년 베를린올림픽 마라톤 경기에서 두 명의 일본인이 1등과 3등을 차지한다. 하지만 시상대에 오른 두 일본인의 표정은 인간이 지을 수 있는 가장 슬픈 표정이었다. 왜 두 사람은 슬픈 표정으로 시상대에 섰을까?"

일장기를 달고 금메달을 딴들…

사진을 보라. 시상대에 오른 손기정과 남승룡은 만감이 교차하는 듯 고개를 숙이고 굳은 얼굴로 서 있다. 올림픽의 꽃인 마라톤에서 메달을 땄으니 개인적 기쁨이야 두말할 것 없다.

그러나 두 선수가 진정으로 원한 것은 한국인으로 시상대에 서는 것이었기에, 그처럼 '세상에서 가장 슬픈 표정'을 지었을 것이다. 이 사진을 본 밀러도 똑같이 추측했다.

"그들은 바로 일본의 식민지배를 받던 코리아의 '손'과 '남'이라는 젊은이었다. 시상대에 오른 그들의 가슴에는 일장기의 붉은 원이 매달려 있었다. 그리고 일본 국기가 게양되었다. 두 사람은 얼굴을 푹 숙이고 있었다. 그들은 부끄러움과 슬픈 얼굴을 아무에게도 보이고 싶지 않았던 것이다."[25]

나 대신 남을 죽이고 살아남은들…

1970년 아우슈비츠 수용소에서 살아남은 루마니아 출신 유대 시인 파울 첼란이 파리 센 강에 몸을 던졌다. 그의 나이 50세, 자살 동기는 죄의식이었다. 그를 죽음으로 몰아간 죄의식은 강제수용소에서 살아남은 이들이 일반적으로 겪는 정신적 상처와 죄의식과는 조금 달랐다.

수용소에 있던 어느 날, 첼란은 어느 쪽에 줄을 설 것인지 선택해야 했다. 한 줄은 가스실, 즉 죽음으로 가는 줄이었고, 다른 한 줄은 작업장으로 가는 줄이었다. 그는 사람이 적은 쪽이 가스실행 줄일 거라고 판단하고, 사람이 많이 선 줄을 택했다. 그러나 그 반대였다. 첼란은 보초가 사람 수를 세느라 정신이 없는 틈을 타, 슬그머니 사람이 적은 쪽 줄로 옮겼다. 숫자가 맞지 않자 이송 책임자는 사람 수를 다시 세게 했다. 그래도 한 사람이 모자라자, 작업 줄 맨 앞에 섰던 남자를 손짓해 불렀다. 이 운 없는 남자가 첼란 대신 가스실로 갔던 것이다.[26] 첼란은 그 후 20여 년 동안 죄의식에 시달리다가 스스로 죽음을 선택했다.

너도 살고, 나도 살아야

마라톤에서 우승하고도 부끄러움에 고개를 숙여야 했던 손기정과, 본인도 피해자이면서 죄책감에 목숨을 끊은 파울 첼란의 사례는, 개인의 목적이 아무리 정당하다고 해도 그것이 다른 사람 혹은 사회 전체의 목적과 일치하지 않을 때 어떤 결과로 이어지는지 보여준다.

앞 장에서 살펴본 게임 이론 중 '너 죽고 나 죽자'식의 루즈루즈게임과 '너 죽고 나 살자'식의 제로섬게임이 왜 바람직하

지 않은지 알 수 있다. 나와 상대방사회이 같이 살았을 때에만
나의 본래 목적도 빛을 발할 수 있는 것이다.

또 한 명의 슬픈 영웅, 제시 오언스

손기정 선수가 마라톤 금메달을 딴 베를린 올림픽의 또 다른 영웅은 앞서
루츠 롱 이야기에서 나왔던 제시 오언스이다. 미국 목화농장 노예의 손자인
오언스는 100m 세계 신기록, 200m, 400m 계주, 그리고 멀리뛰기에서 우
승해 4관왕을 차지했다. 아리안 족의 우수성을 선전할 장으로 올림픽을 이
용하려고 했던 히틀러는 오언스의 선전에 대해 불편한 심기를 감추지 않았
다. 히틀러는 악수조차 피했고, 괴벨스는 "미국은 사람이 아닌 것을 경기에
내보냈다."며 흑인을 짐승에 빗댄 궤변을 늘어놓았다. 여기에 마라톤에서
유색인종 손기정까지 우승하고 말았으니 히틀러의 의도는 완전히 빗나가고
말았다.

올림픽의 영웅 오언스는 본국으로 돌아가서도 아픔을 겪었다. 흑인 차별이
지금보다 훨씬 심했던 그때, 개선한 오언스를 환대하는 분위기는 금방 수그
러들었다. 그는 말이나 개와 시합을 해야 했고, "히틀러가 나와 악수하는 것
을 거부했듯이, 나를 초대하지 않기는 미국의 백악관도 마찬가지였죠. 또
네 개의 금메달은 먹을 수 있는 게 아니었다."고 어려움을 토로했다.

1950년 AP통신은 20세기 반세기 동안 가장 위대한 육상선수로 오언스를
뽑았고, 베를린은 1976년 한 거리에 그의 이름을 붙임으로써 40년 전의 일
을 사과하였다. 그리고 죽은 지 10년 후 부시 대통령은 훈장을 추서했다.[27]

게임의 목적을 정할 때 명심할 10가지 원칙

1. 인생 게임의 질은 목적이 정한다

2. 승리는 게임의 목적이 될 수 없다

3. 지더라도 행복할 수 있다

4. 내게 가치 있는 선택을 하라

5. 인생의 의미를 찾아라

6. 사소한 원칙이 의미를 만든다

7. 의미는 살아가는 이유다

8. 가치 없는 목적은 목적이 될 수 없다

9. 진정한 승리는 부끄럽지 않다

10. 나의 목적과 타인의 목적을 일치시켜라

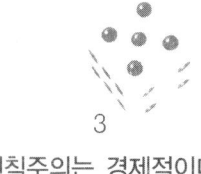

3

원칙주의는 경제적이다

14 | 케이크 분배의 원칙

원칙을 지키도록 유인하라

두 아이가 하나의 케이크를 나눠 먹으려고 한다. 그런데 아무리 똑같이 잘라서 나눠줘도 아이들은 제 몫이 작다고 불평한다. 과연 어떻게 해야 두 아이 다 만족시킬 수 있을까?

규칙에는 유인기제가 있어야 한다

그 답은 '유인기제'incentive mechanism라는 말 속에 감춰져 있다. 축구 경기를 보자. 경기 중 어느 선수가 반칙을 범하면, 심판이 호각을 불어 이 사실을 공개적으로 알리고 상대편에게 자유차기프리킥, 벌칙차기페널티킥, 구석차기코너킥 등의 공격 기회를 부여한다. 이는 규칙을 잘 지킬 때 주는 일종의 '보상'이고, 고로 규칙을 잘 지키라는 '유인책'이다. 만일 반칙 사실만 기록하고 상대방에게 반대급부로서 보상하지 않는다면, 어떤 선수도 규칙을 지키려 하지 않을 것이다.

규칙은 합의와 승복으로 완성된다

게임의 규칙rule은 게임을 게임답게 하고, 게임의 목적을 달성하게 하는 중요한 요소이다. 만약 규칙이 없거나 있어도 지켜지지 않는다면, 또 규칙이 올바르지 않다면, 공정한 게임이나 승리를 기대하기 어렵다. 게임 규칙은 기본적으로 '인간의 의도가 조직화한 형태의 규율 체계'이고, 게임자들 간의 '약속'이다. 이 규칙에는 의무 규정과 위반시 벌칙이 포함된다.

물론 규칙이 있다고 해서 공정한 게임이 저절로 보장되는 것은 아니다. 지키지 않는 규칙이란 무용지물이다. 따라서 규칙이 성립하려면 구성원 간의 합의와 승복이 전제되어야 한다. 그러나 합의는 쉬워도, 승복은 생각만큼 쉽지 않다. 그래서 '아름다운 승복' 같은 말도 있는 것이다.

달리기만 하고 멈추지 못하는 차는 필요없다

경쟁이 치열할수록 규칙의 필요성은 더 커진다. 자동차의 주행 성능을 높이는 고성능 엔진이 개발되면, 그에 걸맞은 제어 시스템도 같이 개발해야 하는 것과 같은 이치다. 달리기만 하고 멈추지 못하는 차란 규칙 없는 게임처럼 아무짝에도 쓸모가 없다. 이것이 바로 규칙의 준수 여부와 그 정도에 따라 상벌이라는 유인기제를 작동시키는 게임의 규칙이다.

규칙을 지키면 손해는 보지 않아야 한다

2006년 독일월드컵에서 대한민국 축구 대표팀이 우승할 경우, 선수 1인당 5억 원씩의 포상금이 지급된다고 했다. 우승하면 5억, 4강 진출 3억, 8강 진출 2억, 16강 진출시 1억 원이라고 했다. 물론 대표팀 선수들은 한 푼도 받지 못했다. 이처럼 게임 결과에 따라 부여하는 상벌도 있지만, 게임 성립에 더 근본적인 상벌은 규칙 준수에 따라 부과하는 것이다. 일부러 상대편 선수에게 발을 걸었는데 아무런 불이익도 주지 않는다면, 누가 규칙을 준수하려 하겠는가. 그래서 모든 경기는 게임자들의 규칙 엄수를 위해 '유인 장치'를 마련한다. 이 유인장치를 '유인기제'라고 한다. 유인기제를 잘 갖춘 게임 규칙은 다음의 두 가지 조건을 충족시킨다.

• 규칙을 준수하면, 이익을 보거나 최소한 손해는 보지 않는다.
• 규칙을 준수하지 않으면, 손해를 보거나 최소한 이익은 보지 않는다.

절단권과 선택권을 나누라

이제 맨 앞에서 던진 물음에 답해보자. 케이크를 가지고 다투는 두 아이를 다 만족시키려면, 공평하게 케이크를 나누는 규칙을 마련해야 한다. 그 규칙이란 이렇다. A라는 아이에게 케이크를 둘로 나누게 하고, B라는 아이에게는 케이크 조각 선택권을 주는 것이다. 두 아이가 케이크 절단권과 선택권을 나눠 갖는 데 합의하여 그대로 실행한다면, 두 아이 다 만족할 수 있다.

이 규칙에 담긴 상벌의 유인기제는 이러하다. A는 케이크를 똑같이 나누지 않으면 자기가 손해 본다는 사실을 알기에 가능한 한 정밀하게 이등분하려고 할 것이다. B는 나눠진 두 조각 중 조금이라도 더 큰 조각을 집을 것이다. 즉, 규칙을 지키면 이익을 얻거나 최소한 손해는 보지 않고, 규칙을 지키지 않으면 손해를 보거나 최소한 이익을 얻을 수 없는 것이다.

15 | 레몬 원리 깨뜨리기
불리한 선택을 막아라

중고차 가격은 판매자가 시장에 내놓은 중고차의 품질에 따라 결정된다. 그러나 판매자는 이 품질을 알아도 구매자는 알지 못하기 때문에, 좋은 품질의 중고차 주인은 제값을 받지 못할 것을 우려하여 차를 시장에 내놓지 않는다. 결국 중고차 시장에는 품질이 나쁜 자동차만 거래된다. 이를 개선할 방법은 없을까?

품질 나쁜 차만 팔리는 '레몬 원리'

이는 1970년 미국의 경제학자 조지 애컬로프가 발표한 「레몬 시장」이란 논문에서 던진 문제이다. 애컬로프는 여기서 정보의 비대칭성과 시장의 관계를 분석했는데, 이 분석에는 공정한 유인기제를 갖춘 경제 규칙, 더 나아가 사회 규칙을 설정하는 어려움과 중요성을 드러내는 개념이 담겨 있다. 바로 '역선택'adverse selection, 다른 말로 '불리한 선택'이다.

중고차 가격은 중고차 시장에 나온 매물의 품질에 따라 결정된다. 그런데 보통 중고차 판매자는 자신이 내놓은 중고차의 품질을 알지만, 구매자는 이를 알지 못한다. 그래서 양질의 중고차를 가진 사람은 제값을 받지 못할 것을 우려하여 시장에 차를 내놓지 않는다. 반면 저품질의 중고차 주인은 품질 대비 높은 가격에 차를 팔 가능성이 높으므로, 적극적으로 차를 시장에 내놓는다.

그 결과, 중고차 시장에는 품질 나쁜 중고차들만 매물로 나오게 되고, 이런 인식이 굳어져 중고차 가격은 더 하락한다. 이렇게 되면 저품질 차 중에서 상대적으로 쓸만한 중고차를 가진 사람마저 차를 시장에 내놓지 않을 것이다. 이 과정이 반복되면, 결국 중고차 시장에는 가장 저품질의 중고차영어 속어로 '레몬lemon'만 거래된다. 품질 나쁜 상품이 시장의 선택을 받는 가격 왜곡 현상, 즉 '역선택'이 일어나는 것이다. 이런 역선택으로 자원이 비효율적으로 배분되거나 시장이 실패한다는 것이 바로 '레몬 원리'다.[28]

더 많이 아는 쪽이 속이는 '도덕적 해이'

스포츠 게임은 오랜 기간 축적된 경험을 바탕으로 각 종목마다 공정한 규칙과 유인기제를 갖추고 있다. 그러나 우리가 살아가는 현실세계에는 공정한 게임을 가로막는 요소들이 많다.

바둑과 가위바위보 놀이를 떠올려보자. 바둑은 상대방이 두는 수에 따라 나의 수를 결정할 수 있지만, 가위바위보는 상대방이 무엇을 낼지 전혀 알 수 없는 상태에서 나의 수를 선택해야 한다. 그런데 나에게는 가위를 낼 때마다 코를 찡긋거리는, 나도 모르는 버릇이 있고, 이 사실을 상대편이 안다면, 엄밀히 말해 공정한 놀이라고 하기 어렵다.

즉, 우리의 일상에서 벌어지는 수많은 게임들은 어느 한쪽은 객관적 사실을 알거나 상대방의 행위를 관찰할 수 있는 정보 보유자the informed인 반면, 다른 한쪽은 정보가 없거나 상대방을 관찰할 수 없는 정보 비보유자the uninformed인 경우가 많다. 이런 정보 비대칭asymmetry of information 혹은 정보 격차 상황에서 정보 보유자가 비보유자를 속이고 이용하는 것이 '도덕적 해이'다.

공정한 게임 가로막는 역선택과 도덕적 해이

그렇다면 둘 다 공정한 게임을 방해하는 역선택과 도덕적 해이는 어떻게 다를까? 구매자가 품질 나쁜 중고차를 모르고 사거나, 고용자가 직원의 능력을 파악하지 못한 채 능력 없는 직원의 말만 믿고 새 직원을 채용하는 것이 역선택이다. 반면 주인의 관리 감독이 소홀하거나 성과 측정이 어렵다는 점을 이용하여, 점원이 근무 시간에 게으름을 피우는 것은 도덕적 해이다.

다시 말해, 역선택은 정보가 두 당사자의 효용에 영향을 미친다고 할 때, 어느 한 당사자만 이 정보를 알고감춰진 유형hidden type의 정보, 이 정보 비대칭의 불완비 정보incomplete information 상황에서 일어나는 착취 현상이다. 그리고 도덕적 해이란 한 당사자만 자기 행동을 알거나 관찰할 수 있는 정보를 알고감춰진 행동hidden action의 정보, 이 정보 비대칭의 불완전 정보imperfect information 상황에서 일어나는 착취 현상을 말한다.[29]

서로에게 좋은 자기선택을 하라

역선택과 도덕적 해이는 둘 다 적절한 유인기제를 마련하지 못해서 발생하는 현상이다. 그런데 불공정한 게임을 조장하는 원리가 있다면, 반대로 공정한 게임에 기여하는 원리도 있을 것이다. 이를 A와 B회사의 예를 들어 살펴보자.

A사는 직원들의 근무 태도와 성과 달성을 꼼꼼히 파악하여, 성실하고 유능한 직원에게는 승진과 연봉 인상이라는 보상을 주고, 불성실하고 무능한 직원에게는 승진 누락과 연봉 삭감이라는 불이익을 준다. 반면 B사는 근무 연한에 따라 모든 직원을 차별 없이 승진시키고 연봉도 올려준다. 시간이 지나면 A사와 B사에는 각기 다른 변화가 찾아올 것이다. A사에는 성실하고 유능한 직원들만 남겠지만, B사에는 불성실하고 무능

한 직원만 남을 것이다.

A사와 B사의 차이는 유인기제의 마련과 적용에 있다. 적절한 유인기제를 마련하고 적용한 A사 직원들에게는 자기에게 적합한 직장을 선택하는 '자기선택'self-selection 현상이 일어나고, B사 직원들에게는 자기 향상보다는 게으름 피우기에 적당한 직장만 찾는 '역선택' 현상이 벌어질 것이다. A사와 B사의 각기 다른 미래를 예상하기란 어렵지 않다.

도덕적 긴장을 유지하려면

이 직원들의 미래를 단적으로 보여주는 말이 '도덕적 긴장'과 '도덕적 해이'다. 적절한 상벌 체계에서 능력과 실적을 평가받는 A사 직원들은 언제나 '도덕적 긴장'moral tension · 도덕적 각성을 유지하겠지만, 자기 능력과 실적에 신경 쓰지 않아도 되는 B사 직원들은 '도덕적 해이'moral hazard · 도덕적 위해에 빠질 것이 자명하다. 회사의 부적절한 게임 규칙이 직원들을 무능하고 불성실하게 만들고, 이것이 결국에는 회사의 존립과 성패마저 좌우하는 것이다.

이렇게 개인과 사회를 둘 다 위기에 몰아넣는 역선택과 도덕적 해이를 막으려면 어떻게 해야 할까? 적절한 상벌의 유인기제를 갖추고, 예외 없이 적용되는 규칙을 만들면 된다. 이 두 가지를 모두 충족시키는 것을 '유인 양립성'incentive compatibility이라고 한다.

건강보험·국민연금·산업재해보상보험 같은 사회보험제도
나, 생활보호대상자 등의 생활보호사업 같은 사회복지 서비스
제도에서 가장 문제가 되는 것은 보험료를 내야 할 사람이 내
지 않고, 복지서비스를 받지 말아야 할 사람이 받는다는 점이
다. 바로 역선택과 도덕적 해이 때문이다.

우리의 국민연금제도가 처한 문제를 논할 때, 가장 비중 있
게 얘기되는 것이 자영업자의 불성실 소득 신고이다. 조세연
구원에 따르면, 우리나라 자영업자의 소득 파악률은 29퍼센트
에 불과하다. 이는 임금근로자의 소득 파악률 74퍼센트의 3분
의 1 수준이다. 참고로 미국·영국·호주 등 영미권의 자영업
자 소득 파악률은 85퍼센트이다.[30] 이처럼 소득이 있는데도 덜
내거나 안 내니 연금 재정이 제대로 확보될 리 없고, 없는 재
정에 지급할 돈만 늘어나니 당해낼 재간이 없다. 규칙을 지키
면 이익을 보거나, 최소한 손해는 보지 않아야 한다는 유인기
제의 원칙이 없기 때문에 생긴 일이다.

레몬 원리 깨뜨리기

이 문제를 해결하려면, 소득을 거짓으로 신고해도 손해 보지
않는다는 '정직 신고 조건'이 파괴되는 데 대하여 더 고민하고,
이를 방지하는 규칙을 만드는 데 눈을 돌려야 한다. 자영업자

의 성실 신고를 독려하는 제도로 녹색신고제, 영수증보상제도, 영수증복권제도, 현금영수증제도 등이 있다. 특히 신용카드 소득공제와 신용카드 영수증복권제의 효과가 크다고 한다. 덕분에 1990년 소득을 추정해 과세하는 추계 과세 대상자가 60.4퍼센트에서 2003년 50퍼센트로 떨어졌다.[31]

유인양립성 원리를 이용하면, 애컬로프가 주장한 '레몬 원리'를 깨뜨리는 방안도 찾을 수 있다. 중고차 상인들이 판매한 중고차에 대해 일정 기간 동안 수리를 보증해준다든지, 믿을 만한 중고차 브랜드를 만들어 프랜차이즈 형태로 운영하는 방안 등이 그것이다.

강요하지 말고 유인하라

모든 인간은 자신의 이해득실을 따져 행동한다. 이런 인간의 특성을 경제학에서 '합리성'이라고 한다. 그렇다면 사회에서 작동하는 규칙의 적절성은 얼마나 합리성을 무시하지 않고 바람직한 방향으로 이끌어내느냐에 달렸다. 적어도 '지키는 사람만 바보'라는 말이 나오지 않게 해야 하는 것이다.

휘발유에 부과하는 세금을 높이면, 사람들은 소형차나 연비가 더 좋은 차를 구입하려고 할 것이다. 휘발유 세금이 높은 유럽에서 경승용차를 선호하고, 상대적으로 휘발유 세금이 낮은 미국에서 대형차를 타려고 하는 것은 너무 당연한 결과이다.[32]

2004년 3월, 공직선거법이 개정되어 향응을 제공한 사람만 처벌받는 것이 아니라, 향응을 제공받은 사람도 '제공받은 금액의 50배에 상당한 과태료'를 내게 되었다. 그러자 그 숱한 공명선거운동에도 수그러들지 않던 선거법 위반 사례가 확 줄었다. 아무리 시민의식을 떠들어도 소용없던 것이 하루아침에 달라진 것이다.

좋은 게임은 좋은 규칙에서 나온다

2002년 한일월드컵 때 한국대표팀은 16강 전에서 이탈리아를 꺾는 파란을 일으켰다. 연장전에서 먼저 골을 넣는 팀이 승리하는 '서든데스' 제도 덕이었다. 그런데 이 제도는 2004년 폐지됐다. FIFA는 왜 이 제도를 없 앴을까?

FIFA, 골든골 제도를 폐지하다

2002년 한일월드컵, 한국과 이탈리아의 16강전, 안정환의 골 든골이 터진 터진 순간, 온 국민의 환호 속에 경기는 끝났다. 이른바 '서든데스'sudden death 제도 때문이었다. 그런데 이 제 도는 2004년 유럽축구선수권대회유로 2004 이후 폐지되었다. 그 래서 2006년 독일월드컵 때에는 16강 토너먼트부터 90분 동안 에 승부를 가리지 못하면 연장전에 들어갔고, 선수들은 연장 전 전·후반 15분을 모두 뛰어야 했다. 연장전에서도 승부를 가리지 못하면 승부차기를 했다. 연장전 골든골로 승패가 갈리는 극적인 장면을 더는 볼 수 없게 된 것이다.

변하지 않는 규칙은 없다

좋은 규칙을 만드는 것만큼이나 중요한 것이 규칙의 운용이다. 한 번 정했다고 바꾸지 못하는 규칙이란 없다. 한 번 규칙이 정해지면 일관되게 적용되어야 하지만, 게임 내용과 결과까지 바꿀 수 있는 중대한 것인 만큼 계속 개선해나가려고 노력해야 한다.

더 멋진 게임, 더 공정한 게임을 위해서라면 상황과 여건에 맞게 규칙을 바꾸어야 한다. 단, 규칙은 한두 사람에게만 영향을 미치는 문제가 아니므로, 민주적 절차와 합의 과정을 거쳐야 하는 것은 물론이다.

골이 터지는 순간 경기가 끝난다고 하여 '서든 데스'라고 불리던 제도는, 살벌한 어감 때문에 '골든골'로 바뀌었다. 1993년 FIFA가 골든골 제도를 도입한 것은 선수들의 체력을 보호하고, 선수들에게 동기를 부여하여 박진감 넘치는 게임을 펼치기 위함이었다. 그러나 그 결과는 애초 기대와 달랐다. 감독과 선수들이 너무나 큰 중압감에 시달렸고, 기대했던 공격적이고 박진감 넘치는 경기도 연출되지 않았다. 그 전까지 아무리 잘해도 한 골만 먹으면 아무 소용이 없기 때문에, 선수들은 수비 지향적인 경기를 펼치며 결정적 기회만을 엿보았다. 이것이 FIFA가 규칙을 바꾼 이유다.

더 멋지게, 더 공정하게 바꾸라

FIFA는 선수 보호와 재미있는 경기라는 두 가지 대원칙 아래 경기 규칙을 계속 바꾸어왔다. 선수가 부상당해 빠지면 남은 열 명이 그대로 경기를 치르는 허점을 보완하고자 1970년 멕시코월드컵부터 '선수 교체'를 도입했고, 편한 상대를 고르거나 일부러 특정 팀을 떨어뜨리는 문제를 해결하고자 1982년 스페인월드컵부터 각 조의 마지막 두 경기를 같은 시간에 개최했다.

경기 규칙을 공격 지향형으로 바꾸게 된 계기는, 경기당 2.21득점이라는 역대 최저 득점평균 득점 3.00을 기록한 1990년 이탈리아월드컵이었다. 1994년 미국월드컵부터 고의적인 경기 지연을 막고자 수비수가 백패스한 공을 골키퍼가 손으로 잡지 못하게 했는데, 그 결과 이탈리아대회 때보다 골이 무려 30골이나 더 터졌다. 2000년 개정에서는 골키퍼가 공을 잡고 네 걸음까지만 걸어갈 수 있게 했던 제한을 풀고, 대신 6초 이상 공을 잡고 있지 못하도록 했다. 그래서 골키퍼가 공을 잡으면 100미터 달리기를 하듯 뛰어나가 빈 공간에 공을 던져주는 역동적인 모습을 볼 수 있게 됐다. 2006년 독일월드컵에서 오프

사이드 규칙을 완화한 것도 다 공격 축구를 유도하기 위함이었다. 좋은 게임은 좋은 규칙에서 나온다.

미국의 '내맘대로 규칙'

1988년 캐시미르 국경 분쟁 당사국인 인도와 파키스탄이 거의 동시에 핵폭탄을 실험하고 핵무기 보유를 공식 선언하였다. 미국이 주도하는 유엔 안전보장이사회는 즉각 두 나라를 비난하며 핵개발 중단 요구와 제재결의안을 만장일치로 통과시켰다. 또한 핵보유국들은 같은 이유로 북한, 이란 등 핵무기 개발 의혹을 받고 있는 나라들을 비난하고 윽박질러왔다.

그런데 2006년 3월 미국이 돌연 유엔 주재 대사 이름으로 "인도와 파키스탄이 합법적으로 핵무기를 획득했다."고 선언하였다. 그 근거로 미국은 두 나라가 핵확산금지조약(NPT)에 가입조차 하지 않았지만, 최소한 약속한 의무에 따라 일관되게 행동해왔기 때문에 신뢰한다는 논리를 폈다.[33]

하지만 진짜 이유가 중국 견제와 반테러 동맹 강화라는 미국의 필요 때문임을 모르는 사람은 없다. 미국이 자국의 이해관계에 따라 '이중 잣대'를 적용하며 공식적으로 면죄부를 준 것이다. 이를 놓고 거센 반발이 일었음은 당연하다. 미국이 국제 관계에서 명분을 잃고, 반미 감정에 곤혹스러워하는 것도 바로 이처럼 스스로 규칙을 어겼기 때문이다. '공정한 규칙이 공정한 게임을 만든다'는 원칙은 국제 사회에서 벌어지는 국가 간 게임에도 그대로 적용된다.

규칙은 지키는 데 의의가 있다

2005년 한국계 미국 여자 골퍼 미셸 위가 LPGA 투어 삼성월드챔피언십에서 공을 잘못 드롭하는 바람에 규칙 위반으로 실격당했다. 드롭 공이 홀 가까운 곳에 떨어지면 다시 드롭해야 하는데, 그냥 경기를 진행한 것이 화근이었다. 문제는 그 자리에 경기위원이 있었는데도, 이를 즉시 지적하지 않아 벌타를 받으면 될 일이 실격으로까지 이어졌다는 것이다. 이는 심판의 잘못이 아닐까?

골프의 '보이지 않는 손'

골프에서 드롭이란, 벌타를 받거나 정상적으로 공을 칠 수 없는 상황에서 어깨 높이로 팔을 들어올려 볼을 수직으로 떨어뜨리는 것을 말한다. 미셸 위는 30센티미터 엇나간 드롭 위치 때문에 눈물을 흘려야 했다.

혹자는 골프가 심판이 없고 그만큼 반칙의 유혹이 크다는 점에서 자본주의와 닮은꼴이며, 그래서 자본주의가 발전한 나라에서 골프가 발전한다고 말한다. 자본주의라는 것이 골프와 마찬가지로 심판 역할을 '보이지 않는 손'에 맡기고, 반칙을 하면 큰돈을 만질 수 있다는 점에서 그렇다는데, 전혀 일리 없는 말은 아니다. 그러나 현대 골프 경기에는 규칙의 준수 여부를 감시하고 진행을 관리하는 '경기위원'^{심판}이 있기 때문에, 꼭 그렇다고 말하기 어렵다.

심판도 실수한다

1999년 9월, 우리나라에서 열린 아시아 야구선수권대회 대만－일본전. 5회 말 대만의 타자가 유격수 땅볼을 쳤다. 유격수가 잡아 송구한 공을 1루수가 잡기도 전에 심판이 아웃을 선언했다. 당연히 잡았을 걸로 여기고 "아웃"이라고 외친 한국 1루심은, 콜을 하자마자 외야 쪽으로 뒤돌아서는 바람에 1루수가 볼을 놓친 것을 보지 못했다. 당황한 주심이 부랴부랴 1루까지 뛰어가 대신 세이프를 선언했다. 관중석에서 한바탕 웃음이 터져나왔다.

이틀 뒤 역시 대만－일본전. 0대 0, 9회 말 2사 1·2루, 볼카운트 투 스트라이크에서 일본 팀 대타가 스윙을 하려다 가까스로 멈췄다. 누가 봐도 하프스윙으로 삼진아웃이 되어야 마땅한 상황이었다. 주심이 1루심에게 문의하자, 한국 1루심은 '세이프'라며 양손을 쫙 폈다. 기사회생한 일본 타자는 끝내기 안타로 일본의 영웅이 되었다. 경기 뒤에 이 선수는 "스윙한 것도 같고 아닌 것도 같고……."라고 말해 사실상 아웃임을 시인했다. 자질이 의심되는 한국 심판들의 판정에 각국 선수단이 원성을 쏟아냈다.[34]

오심도 경기의 일부다

'그라운드의 재판관'인 심판의 판정 하나가 승패를 좌우한 사례는 수없이 많다. 가장 대표적인 사건이 그 유명한 '신의 손' 논란이다. 1986년 멕시코월드컵 8강전에서 아르헨티나는 디에고 마라도나의 핸들링 골로 잉글랜드에 승리했다. 잉글랜드팀은 거세게 항의했지만 심판은 이를 인정하지 않았고, 축구팬들은 마라도나에게 '신의 손'이라는 야유 섞인 별명을 붙여주었다.

제아무리 잘 짜여진 규칙이라 하더라도, 이것이 올바르게 적용되지 않는다면 아무 소용이 없다. 판정 하나가 승패를 좌우하는 스포츠 경기에서는 이로 인해 폭력 사태가 곧잘 일어나지만, 심판이 한 번 내린 결정을 뒤집는 예는 거의 없다. "오심도 경기의 일부"라는 것. 어디선가 들어본 소리가 아닌가? 소크라테스가 "악법도 법"이라며 독배를 들었듯, 스포츠 경기에서 심판은 절대권 권위를 보장받는다.

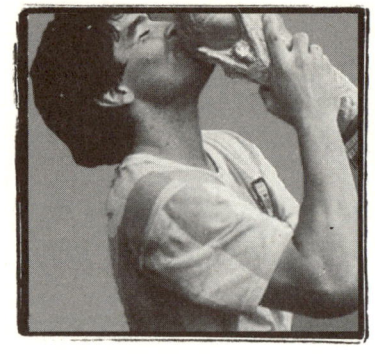

판정의 제1원칙은 공정성이다

그러나 '오심도 경기의 일부'라는 말 뒤에 숨기에는 심판의 역할이 너무도 크다. 심판의 여러 역할 가운데서도 가장 중요한 것을 꼽는다면, 역시 공정한 경기 운영일 것이다.

축구 경기에 지금 같은 중립적인 심판 '레퍼리'referee가 등장한 것은 1870년대이다. 초창기 축구 경기에는 시간 제한도 규칙도 없어서 선수들 사이에 분쟁이 끊이지 않았는데, 1860년대에는 각 팀에서 엄파이어umpire라는 이름의 심판을 한 명씩 지정하여 경기 진행을 맡겼다. 처음에는 심판이 손수건이나 막대기를 흔들거나 소리를 질러서 신호했는데, 1878년 영국축구협회FA컵 2라운드 노팅엄 포레스트와 셰필드 노픽 경기 때부터, 호각을 이용해 경기를 진행했다.[35]

그런데 중립자로서 호각을 불며, 경기장에서 무소불위의 권한을 행사하는 심판과 관련한 잡음이 끊임없이 일어나는 까닭은 무엇인가?

유벤투스 심판 매수 스캔들

2005－2006 시즌, 이탈리아의 축구 리그 세리에 A의 유벤투스가 29번째 스쿠데토우승를 획득했다. 그런데 시즌이 끝난 뒤 대규모 비리 스캔들이 터졌다. 주모자는 유벤투스의 제너럴 매니저인 루치아노 모지. 그 외에도 유벤투스의 임원, 이탈리아 축구협회 간부, 현역 심판 등 수많은 사람이 연루되었다. 비리는 토리노 검찰이 도청하던 모지의 통화 내용 일부를 이탈리아 매스컴이 대대적으로 폭로하며 밝혀졌다. 도청된 전화에서 루치아노 모지는 경기 심판 배정은 물론, 해당 심판들에게 유벤투스에 유리한 판정을 하도록 강요할 것과, 유벤투스에 불리한 판정을 내린 심판은 불이익을 줄 것 등을 지시했다. 이 스캔들로 유벤투스는 세리에 A에서 세리에 B로 강등되었다.

이익갈등이 불공정을 부른다

실제로 축구 경기에서 심판 매수 사건은 심심치 않게 일어난다. 그 때문에 잘못된 심판 판정으로 불이익을 당한 팀에서 종종 심판 매수설을 제기한다. 심판 판정이 경기의 승패를 결정지었다고 보기 때문이다. 공정한 게임은 심판의 공정한 판정에서 나온다고 해도 과언이 아닌 것이다. 이를 위해 심판이 피해야 할 것이 '이익갈등'conflict of interest · 이해충돌이다. 이 원칙은 스포츠 게임은 물론이고, 사회 전체에서 벌어지는 각종 게임에도 그대로 적용된다.

외면당한 베스트 심판

한국인 최초로 월드컵 본선 무대의 주심으로 선정돼 심판을 본 김영주 씨. 선수 생활을 하다 '그라운드의 포청천'이 멋있어 보여, 1988년 대한축구협회 1급 심판, 1992년 국제심판 자격을 얻었다.

그는 1997년 이후 2002년까지 아시아축구연맹이 선정하는 엘리트 심판으로 바깥에서는 최고의 실력을 인정받았지만, 국내에서는 철저히 외면당했다. 1998년 국내 프로리그 결승전 이후, 2001년 2군 리그의 주심 외에는 프로무대에 서보지 못했다. 엄격한 판정을 중요시하는 김 씨는 바깥에서는 '베스트 심판'으로 초청 1순위에 올랐지만, 국내에서는 심판 배정 등과 관련한 여러 가지 얽히고설킨 관계 탓에 역설적으로 빛을 보지 못했다. 그래서인지 그는 "외국에서 심판 보는 게 편할 때가 많다."고 말한다. 김씨는 2002년 월드컵이 끝난 해 한 신문과의 인터뷰에서 "한국 축구가 심판 양성을 위해 더 큰 계획을 짜야 한다."고 말했다가, 축구협회 상층부의 '괘씸죄'에 걸려 4개월 동안 심판 배정을 받지 못하기도 했다. 그 사이 그는 아시아축구연맹의 '올해의 심판'으로 선정되었고, 일본-자메이카의 A매치 주심을 보았다.[36]

공정함은 상식에서 나온다

2003년 이라크전쟁 때 미 국방부의 제안으로 카타르의 알 자지라를 포함해 약 700명의 각국 기자들이 미·영 연합군 부대에 배속돼 전시 상황을 취재했다. 이를 '임베드'embed 프로그램이라고 한다. 이 프로그램 덕분에 시청자들은 안방에서 긴박한 전쟁 상황을 생생하게 느낄 수 있었다. 그런데 이때 유독 영국의 BBC방송만이 임베드를 신청하지 않았다.[37] 그 까닭은 무엇이었을까?

전쟁 보도가 불공정하면…

바로 공정성 문제 때문이었다. 임베드 프로그램은 실감 나는 전쟁 중계를 담보했는지는 몰라도, 기자가 배속된 군부대의 의견을 고스란히 반영하는 편중된 시각 때문에 비판받았다. 서방 언론 가운데 가장 객관적인 보도 태도를 취한 영국의 BBC방송만이 이 같은 비난을 면할 수 있었다.

흔히 공정성 하면 법관을 떠올리기 쉽지만, 최근 공정성과 관련하여 세인의 입에 자주 오르내리는 분야가 공직 사회와 재계이다. 사실 공직자와 경영자의 업무가 사적 이해관계와 얽히며 일어나는 이익갈등 문제는 1950년대부터 미국에서 활발하게 논의되기 시작했다.[38]

공정성 담보하는 '회피 제도'

이익갈등 상황에서 공정한 심판의 조건은 '제척除斥, 기피忌避, 회피回避' 이론에서 찾을 수 있다. 간단히 '회피 이론'이라고 할 수 있는 이 이론은, 본래 법적 분쟁의 심판관인 '법관의 이익갈등 문제'를 해결하고자 만들어진 이론이다.

가령 특정 소송 사건의 재판을 맡은 법관이 그 사건과 특수한 관계를 맺고 있어 공정한 재판을 하기 어려운 상황이나 사정일 때, 일정한 사건의 심판을 하지 못하게 하는 제도가 바로 제척, 기피, 회피 제도이다.형사소송법 제17조~25조

"법관은 변호사나 일반인에 비해 친교 관계에서 덜 자유로울 수밖에 없다. 법관들이 골프를 할 수 있으나 그 상대가 법정에서 대하는 변호사이거나 소송 당사자여서는 곤란하다."

이는 2003년 2월 서울지방법원현 서울중앙지방법원에 부임한 법원장이 300여 명의 소속 판사에게 골프 접대를 받지 말라고 지시하며 한 말이다. 법관이 골프 모임을 통해 변호사에게 사실

상 '장외 변론'의 창구를 열어주어서는 안 된다고 경고한 것이다. 법관의 윤리 지침이 지켜지지 않는 현실을 반증한 사례라 할 수 있다.[39]

공정성 담보하는 제척·기피·회피

'제척'이란, 법관이 피해자인 때, 피고인 또는 피의자의 가족·호주·친족 또는 이러한 관계가 있었던 자인 때, 피고인 또는 피의자의 대리인으로 법정 대리인·후견 감독인인 때, 사건에 관하여 증인·감정인·피해자의 대리인으로 된 때 등에 심판에서 당연히 배제되도록 법률상 규정한 제도이다.

'기피'란 제척 원인이 있을 때는 물론, 그 외에도 공정한 재판을 하지 못할 우려가 있는 경우에 검사·피고인 등 당사자가 그 법관의 직무 집행 배제를 신청하는 제도이다.

'회피'는 법관 스스로 기피될 만한 원인이 있다고 생각하여 직무 집행에서 탈퇴하는 제도이다.

기본만 지키라

A와 B팀이 경기를 하는데, A팀 선수의 고모부가 심판으로 나선다면, 그 경기 결과가 어떻게 나오든지 간에 뒷말이 무성할 것이다. 이처럼 특정 사안에 이해관계가 있는 사람이 심판으

로 나서면 안 되는 것이 삶의 기본 원칙이다. 부정부패란 다른 것이 아니다. 이 '기본'이 지켜지지 않는 것이다.

같은 맥락에서 이익갈등의 당사자가 된 모든 공직자는 심판의 성격을 내포한 직무 수행을 회피해야 한다. 정부의 일정 직급 및 직무 분야의 공무원이 퇴직 당시 업무와 연관이 있는 민간 기업체로 전직하는 것을 일정 기간 금지하는 '공직자 윤리법'도 이런 취지를 담고 있다. 국가 기관이나 공공단체에 몸 담은 공직자들이 지켜야 할 규정은, 생각해보면 너무나 당연한 상식이다.

고위 공직자가 업무와 관련된 주식 등 유가증권을 보유한 경우, 재직 기간 중 이를 처분하거나 제3의 독립 관리인에게 백지신탁blind trust해야 한다. 경찰이 신청한 국가보안법상 이적 표현물의 감정 업무를 경찰청에 소속된 공안문제연구소에서 담당하는 것은 독립성·공정성의 문제를 일으킬 수 있으므로 회피해야 한다. 군 의문사 진상 규명을 군에서 담당하는 것도 신뢰를 받기 어렵다. 황우석 교수가 자신의 연구 윤리를 감독하는 기관인 서울대 수의대 기관윤리심의위원회IRB 위원에 자신과 친분이 있는 인사가 인선되도록 실질적으로 주도한 것은 어떤가? 이 위원회는 2005년 11월 황 교수팀의 2004년 논문의 난자 사용 문제를 심의한 뒤 "법적·윤리적 문제가 없다."고 발표했다.[40]

"좋은 게 좋은 것" 깨뜨리기

유럽과 미국에서는 기자 본인의 재정적 이해관계가 걸린 뉴스 가치는 판단하지 못하게 한다. 경제 담당 기자, 증권회사 분석가애널리스트, 공인회계사는 기업 주식을 보유하지 못하게 윤리강령에 정해져 있고, 이를 어길 경우에는 중징계를 받는다. 영국에서는 특정 주식이나 금융 상품의 '추천 기사'를 쓸 때, 해당 기자가 그 상품을 보유하고 있는지 기사에서 의무적으로 밝혀야 한다.[41]

이 경우, "좋은 게 좋은 것"이라는 말은 가장 회피해야 할 말이다. BBC방송의 선택은 '상식'이었으나, 다른 방송사들이 상식을 따르지 않았기 때문에 '돌출'이 되었다. 공정성의 1차 기준은 양심과 상식이겠다.

심판은 멋지기 어렵다

아일랜드의 축구 칼럼니스트 오은 스위니는, 심판 판정에 논란의 여지가
있는 장면을 경기장 스크린으로 다시 보여주는 것은 옳지 않다고 했다.
이는 최근 더 공정한 판정을 위해 비디오 판독 시스템을 채택하는 스포츠
계의 흐름에 역행하는 주장이 아닐까?

심판 노릇 하기 어렵다

테니스 경기에서 선수가 친 공이 라인을 벗어났는지 아닌지
를 두고 판정 논란이 많았다. 2006년 3월, 미국테니스협회
USTA는 마이애미에서 열리는 나스닥100오픈에서 '호크 아이'
라는 비디오 판독기를 도입했다. 메이저대회인 US오픈에서도
비디오 판독 시스템을 본격 채택하여 판정 논란을 없애기로
했다.[42]

  과학기술의 발전 덕에 이제 안방에서도 비디오 판독은 어렵

지 않은 일이 되었다. 그야말로 모든 사람의 심판화가 진행되는 중이다. 이제 심판 노릇 하기가 예전보다 훨씬 더 어려워졌다. 심판의 권위도 점점 더 떨어지고 있다. 그러나 심판의 권위보다 더 중요한 것이 경기의 공정성 아닐까?

그래도 심판의 권위는 중요하다

오은 스위니는 어릴 때 위대한 축구 스타가 되는 것이 꿈이었지만, 심판은 절대로 되고 싶지 않았다고 한다. 경기장을 빠져나오며 "오늘 심판이 아주 멋졌어!"라고 말하는 사람이 있는가? 그러면서 심판 판정을 놓고는 너무 쉽게 이러쿵저러쿵한다. 그만큼 심판은 힘든 직업이다.

심판이 수준 낮은 경기를 좋은 경기로 만들 수는 없지만, 잘못된 판정은 괜찮은 경기를 순식간에 망쳐버린다. 스위니는 심판에게 가장 중요한 자질은 '일관성'이라고 했다. 똑같은 태클에 어떤 선수에게는 경고를 주고 다른 선수에게는 경고를 주지 않는다면, 심판의 신뢰성은 떨어지고 만다. 하지만 스위니는 판정 논란이 있는 장면을 경기장 스크린으로 다시 보여주는 것은 옳지 않다고 했다. 비록 판정이 잘못됐다고 해도, 그 오심마저 경기의 일부로 수용하지 않으면 이후 경기 진행이 어려워진다는 이유에서다. 실제로 많은 나라에서 판정 논란 장면을 다시 보여주는 것을 금지한다.[43]

권위는 보장하고, 오심은 줄이고

심판도 인간인 이상 오심을 범하지 않을 수 없다. 그래서 각 스포츠 종목들은 심판의 권위는 보장하되, 오심은 줄이는 여러 가지 방법을 채택한다.

경마 심판은 경주를 지켜보다가 경주가 끝난 뒤 기수의 부정이나 실수 등 경주 상황을 종합 점검하고 판정한다. 그래서 경마장에는 경마 경주의 '재결 심의실'이 있다. 홀수^{5명}의 재결 위원은 경기 상황을 녹화한 비디오를 보며 문제의 소지가 있는 경주마나 기수를 찾아내고 심판한다. 이때 문제가 되는 상황은 이런 것들이다.

달리던 코스를 이탈하여 갑자기 안쪽이나 바깥쪽으로 달리는 급작스런 코스 변경은 다른 말의 주행을 방해하고, 사고를 일으키는 원인이 되므로 금지돼 있다. 빨리 달리려고 채찍을 과다하게 사용하거나, 출발이 너무 늦거나 속력을 내지 않는 기수도 문제가 된다. 문제가 있다고 판정받은 기수는 며칠간 말을 타지 못하거나 과태료를 부과받는다. 기수의 잘못이나 실수가 경기에 결정적 영향을 끼쳤다고 판정되면 이미 정해진 순위도 변경할 수 있다.[44]

이중 브레이크가 더 경제적이다

어떤 게임에서든 의도적 혹은 우발적 오류가 있을 수 있다. 보통 이를 방지하고 공정한 판정을 보장하려고 복수의 심판

위원을 구성하거나, 복수 단계의 심판제를 설계하여 운영한다. 법원의 '삼심제'三審制가 대표적인 예이다.

이때 문제가 되는 것이 '능률성'efficiency이다. 시간·노력·비용으로 결정되는 능률성은 현대 정부 행정이나 기업 경영의 가장 중요한 이념 혹은 가치로 꼽힌다. 개혁이나 구조조정 등도 낭비와 비능률을 제거하는 데 초점을 맞춘다. 그러나 능률만능주의는 자칫 도덕적 해이 같은 심각한 윤리 문제를 일으킬 수 있다.

자동차 브레이크의 예를 생각해보자. 자동차에 하나의 브레이크 시스템만 장착하면 비용·시간·노력이 덜 들어 능률적이다. 그러나 브레이크가 고장 나면, 비용·시간·노력에 엄청난 손실을 가져오는 대형 사고로 이어질 수 있다. 이것이 이중, 삼중의 브레이크 시스템을 채택하는 이유다. 다시 말해, 공정성 관리는 결코 비능률적인 일이 아니다.

능률과 안정, 두 마리 토끼 잡기

중첩·중복의 안전 시스템은 별도로 이중·삼중의 조직·인력·장치를 두므로, 일견 능률성을 희생하는 듯 보인다. 그렇지만 사고나 사건이 발생하면 더 큰 희생을 치러야 한다는 점을 생각하면, 장기적으로 볼 때 오히려 더 능률적이다. 그래서 중첩·중복 시스템은 능률성과 모순되지 않고 양립할 수

있다. 이것이 '가외성加外性 이론'redundancy theory·중첩 이론·중복 이론이다.[45]

- **가외적 체제**redundant system는 중첩성·중복성, 또는 동등잠재력을 갖고 체제의 안전성·신뢰성·공정성·적응성 등을 높여주는 체제이다.

- **중첩성**overlapping은 기능이 여러 기관에 분산되지 않고, 한 기관에서 혼합되어 수행되는 것을 의미한다. 기안 문서가 상위 직급을 따라 올라가며 검토, 결재되는 시스템이 그 예이다.

- **중복성**duplication은 동일 기능이 여러 기관에 분산·분리되어, 각 기관에서 독자적으로 수행되는 것을 의미한다. 자동차의 이중브레이크 장치를 떠올리면 된다.

- **동등잠재력**equipotentiality은 기관 내부의 주된 조직 단위 기능이 작동되지 않을 때 다른 보조 단위가 이를 인수하여 수행되는 것을 의미한다. 주 조명이 고장 나면 보조 조명이, 전원이 아예 끊기면 자체 발전기나 내장 배터리가 자동으로 작동하는 경우이다.

효율적인 안전판을 만들라

대규모 조직에서 가외적 체제는 매우 중요하다. 정책 결정에는 항상 불확실성이 따르고, 조직은 유기체의 복잡한 신경생리 구조처럼 분업적 요소들이 어울려 전체 목적을 수행하는 체제적 성질을 띤다. 또 우리 사회는 한 가지 판단이나 평가보다는 수차례의 의견 제시와 토론, 협상을 거쳐 합의에 이르는 협상 구조로 되어 있다. 이런 조건에서 가외적 체제는 신뢰성·안전성·적응성·정보 정확성·심리 공정성 등을 높여주며, 창의적 아이디어를 풍부하게 하는 효용도 있다.

그렇다고 중첩·중복이 많을수록 좋다고 할 수는 분명 없다. 가외적 체제는 비용·시간·노력이 많이 들고, 중첩 조직이나 조직 단위 간 갈등을 피할 수 없다는 한계가 있다. 결국 가외성으로 얻는 효과와 편익, 여기에 들어가는 비용을 견줘 최대의 효과를 낼 수 있는 범위 안에서 가외적 체제를 택해야 한다.[46]

한 사람이 모든 결정을 내릴 순 없다

2001년 미국의 거대 에너지 기업 엔론의 대규모 회계 부정이 적발되자, 《뉴욕타임스》지는 미국이 '글로벌 스탠더드'세계 표준라고 자랑하던 4중의 투자자 보호장치가 모두 무너져내렸다고 비판했다. 《뉴욕타임스》가 지적한 '4중 안전장치'란 정부의 감시·감독, 외부의 회계감사, 증권분석가들의 실적 평가, 사외이사의 경영 감시다. 이 장치들이 규제 완화, 기업·의회·정부의 유착, 회계법인·증권분석가·사외이사의 무능으로 모두 무력화되었다는 것이다.[47]

여러 겹의 가외적 체제에도 불구하고, 이 체제가 제대로 작동하지 않아 이처럼 엄청난 손실을 가져오는 사건이 터진 것이다. 그렇다면 가외적 체제를 포기하는 것이 경제적인가? 물론 아니다. 비가외적 체제nonredundant system는 당연히 오류를 범할 확률이 훨씬 더 크다. 권력 분립, 견제와 균형, 연방주의, 거부권 제도, 삼심제, 양원제, 삼독회三讀會 등은 모두 가외적 체제에 속한다.

정부 기관이나 회사 조직에서 모든 계층을 없애고, 조직 내 모든 구성원이 평등하게 담당 업무의 결정권을 행사하고 책임지는 '완전 평면조직'flat organization을 채택하지 못하는 이유가 무엇인가? 모든 결정을 한군데, 한 사람이 내리면 최고의 능률성을 달성할 수 있는데 말이다. 그것은 위험 관리를 포기하겠다는 말과 같은 뜻이기 때문이다.

20 | 엔론 회장의 24년형
공정하게, 예외 없이

2001년 15억 달러의 분식회계가 들통나 파산한 미국 에너지기업 엔론의 제프리 스킬링 전 최고 경영자에게 2006년 징역 24년 4개월의 중형이 선고됐다. 공범인 케니스 레이 전 엔론 회장은 심장 질환으로 숨지고, 존 클리포드 벡스터 전 부회장은 자살한 마당에 너무 가혹한 처벌이 아닐까?[48]

규칙을 어기면 벌받는 것이 상식

축구 경기의 페널티킥은 규칙과 상벌의 관계를 가장 극적으로 보여준다. 수비팀 선수가 페널티 구역 안에서 반칙을 범하면 공격팀 선수가 페널티킥을 차는데, 그 성공 확률이 70퍼센트를 넘는다. 상대편의 결정적인 기회를 반칙으로 막는 경우도 있지만, 그냥 내버려두면 유야무야될 것을 불필요한 반칙으로 한 골을 거저 내주는 경우도 있다. 이처럼 페널티 구역 안에서 일어나는 반칙에 '결정적인' 상벌을 부과하는 것은, 이 구역 안에서의 활동이 경기의 목적이라 할 득점, 더 나아가 승부와 직접 관련이 있기 때문이다. 이처럼 상벌은 그 내용상 적절하고, 그 적용에서 공정해야 하는 것이 기본 원칙이다.

규칙을 지키면 손해 보지 않게 하라

스포츠 경기 이외의 분야에서 상벌 규정의 적정선을 정하는 문제는 매우 미묘하고도 난해하다. 복잡하게 얽힌 이해관계와 현실 논리 때문이다. 그래서 어느 사회에서나 상벌 부여의 공정성과 수단 방법의 적절성을 둘러싸고 논란이 벌어진다. 이 논란은 그 사회가 지향하는 가치와 시스템 작동 원리가 무엇인지 보여주는 일종의 척도가 된다.

규칙 편에서도 살펴보았듯이, 규칙과 상벌의 기본 원칙은 "규칙을 준수하면 이익을 보거나 최소한 손해는 보지 않고, 규칙을 준수하지 않으면 손해를 보거나 최소한 이익은 보지 않는다."이다. 그런데 우리 사회 구성원에 대한 각종 인식 조사를 보면, '규칙을 지키면 나만 손해'라는 응답이 60퍼센트 이상을 차지한다. 흥미로운 점은 사회의 공정성 평가에서는 100점 만점에 42점을 준 반면, 자신의 공정성 점수는 68점으로 높게 책정한다는 것이다. 나는 잘하는데 남이 잘못한다는 생각이다.[49] 이러한 인식의 배경에는 우리 사회 상벌 부여 체제가 부적절하다는 불신이 자리하고 있다.

화이트칼라 범죄가 더 무섭다

우리 사회에서 일어나는 규칙 위반, 즉 범죄행위는 크게 두 가지로 나눠 볼 수 있다. 절도·강도·폭력 등 민생 범죄를 일컫는 '블루칼라 범죄'blue-collar crime와, 정치인·공무원·금융인·기업인의 뇌물·횡령·배임·탈세·회계 부정 등을 지칭하는 '화이트칼라 범죄'white-collar crime이다. 둘 중 어느 것을 더 엄하게 처벌해야 할까? 답은 화이트칼라 범죄이다.

블루칼라 범죄는 개인이 사적인 영역에서 저지르는 범죄로, 그 영향을 받는 대상이 비교적 한정돼 있다. 그러나 화이트칼라 범죄는 각 분야에서 관리 혹은 지도하는 위치에 있는 사람이 직무상의 지위를 이용하여 직무 과정에서 범하는 범죄행위로, 경제 혹은 사회 질서에 중대한 손실을 가져오는 '시스템 범죄'이다. 엔론 회장이 24년형을 받은 것은, 화이트칼라 범죄가 얼마나 중대한 범죄인지 반증한다. 그런데 우리는 이 시스템 범죄에 지나치게 관대하다는 비판이 계속 제기되었다.

예외 없는 '뜨거운 난로의 원리'

미 재판부는 스킬링 엔론 회장의 "범죄행위가 수백 명을 평생

가난 속에 살게 만들었다."고 판시했다. 스킬링의 행위가 투자자들에게 끼친 손해액은 무려 8천만 달러약 750억 원. 엔론 사건을 수사했던 전직 검사는 형량이 너무 무겁다는 지적에, 과거 화이트칼라 범죄에 대한 처벌이 너무 가벼웠기 때문에 그렇다고 대답했다.

다른 사람의 목숨을 빼앗고, 물건을 훔치고, 때리는 범죄행위는 그 잘못이 즉각 겉으로 드러난다. 그러나 분식회계, 사기 대출과 횡령, 주가 조작 등 증권 범죄, 불법 환투기와 환치기 등 외환 범죄, 뇌물과 횡령 등은 은폐가 상대적으로 쉽고, 다른 사람에게 즉각 피해를 주지 않는다. 대신 많은 사람들에게, 직·간접적으로, 장기간, 심대한 피해를 입힌다.

그래서 화이트칼라 범죄를 처벌할 때에는 '뜨거운 난로의 원리'hot stove principle를 적용해야 한다. 뜨거운 난로에 손을 갖다 대면 누구라도 화상을 입듯, 예외 없이 즉각 처벌해야 한다는 것이다.

추징과 몰수의 윤리학

화이트칼라 범죄를 처벌하는 또 다른 방법으로 '추징제'가 있다. 추징제도는 범죄자가 범죄행위로 얻은 이익을 환수하는 제도이다. 2004년 말 현재, 우리나라의 추징금 징수율은 3.7퍼센트에 불과하다. 강제로 징수할 방법이 마땅치 않은 까닭이다. 벌금과 달리 추징금은 일종의 대체형벌이라는 이유로, 피고인이 민사소송에서처럼 재산이 한 푼도 없다고 버티면 집행 기관인 검찰이 일일이 찾아다녀야 하고, 다른 벌을 부과할 수도 없다. 더구나 추징 시효도 3년으로 짧은 편이어서 '떼먹는 사람이 임자'인 형편이다.[50]

불법으로 조성한 재산을 강제로 빼앗는 '몰수' 규정도 있다. 몰수제의 관건은 불법행위로 모은 재산은 물론이고, 이 재산을 기반으로 형성된 재산임을 알고도 넘겨받은 사람의 재산까지도 몰수하는 것이다. 예컨대 불법 성인오락실 운영으로 재산을 모은 남자가 이 재산을 부인 명의로 바꿔치기했다면, 이 재산이 합법적이겠는가?

"최후의 1페니까지"

1998년 영국 정부는 "부정과 범죄로 재산을 모은 사람에게는 최후의 1페니까지 받아내겠다."고 공언했다. 현금은 물론이고, 주택·자동차·요트·보석류 등 재산 가치가 있는 모든 물건을 대상으로, 종전보다 훨씬 미약한 수준의 증거만으로도 특정 재산이 범죄적 수단으로 취득된 사실이 드러나면 이를 쉽게 몰수할 수 있도록 관련법을 개정하겠다고 한 것이다. 이는 각종 범죄와 부정한 방법으로 재산을 모은 사람들이 형기를 마친 뒤 불법 재산으로 여유 있게 사는 현실을 바로잡겠다는 강력한 의지의 소산이었다.

잭 스트로 영국 내무장관은 "포주에서부터 마약 밀매 조직 두목에 이르기까지 돈 많은 범죄자들에게 고통을 당해온 수많은 희생자들이 있다. 악당들은 이제 그들의 호주머니에서 대가를 지불해야 한다."고 말했다.[51] 그렇게 보면 엔론 회장에 대한 미 사법부의 서릿발 판결도 지나치지다고 보기 어렵다.

 ## 억울한 희생양, 조지프 잭슨

미국 '메이저리그사상 가장 불행한 사나이'로 꼽히는 조지프 잭슨(1888~1951). 사우스캐롤라이나 벽촌 출신으로 순진하고 이름만 쓰는 정도의 문맹자였지만 야구는 아주 잘했던 그는, 1911년 시즌 타율 4할 8리를 비롯하여, 10시즌 동안 통산 타율 3할 5푼 6리의 뛰어난 성적을 보여주었다.

그러나 그는 도박사에게 돈을 받고 시합에 져주기로 한 이른바 '블랙삭스 스캔들'에 연루되어, 메이저리그에서 영구제명 처벌을 받고, 고향으로 내려가 주류 도매점을 운영하며 숨어 살다 쓸쓸히 사망했다. 선수를 노예 취급하는 초기 프로 스포츠계에 도박은 짙은 그늘을 드리웠다. 사람들은 경기에 돈을 걸고, 돈이 걸린 경기는 다시 도박시합을 불렀다. 조지프 잭슨은 그 본보기로 희생되었다. 이 사건은 승부 조작과 불법 도박을 엄격하게 금지하는 대신, 선수들에게 제대로 된 연봉을 주는 계기가 되었다.[52] 그런데 사람들은 왜 범죄자 잭슨을 '불행한 사나이'로 기억하는 걸까? 그가 도박에 가담하게 된 배경에 선수를 노예 취급하는 당시 프로 스포츠계의 구조적 문제가 자리잡고 있기 때문이다. 곧 구조적 모순을 해결하지 않은 채, 개인에게만 책임을 지우는 것 역시 공정하지 못하다는 얘기다.

관대한 처벌은 안 하느니만 못하다

'살림의 여왕' 마사 스튜어트. 증권회사에 다니다가 결혼 후 집 지하실에서 케이터링 서비스를 시작해, '마사 스튜어트 리빙 옴니미디어'라는 사업체를 일구어 미국인의 의식주를 좌우하며 억만장자가 되었다. 집안일을 '예술'의 수준으로 승화시켜 미국 대중문화를 한 차원 높였다고 평가받는 마사는, 2002년 주식 내부자 거래 조사 과정에서 거짓 증언을 했다가 5개월의 징역형을 살고 나왔다.[53] 우리나라 같았으면 어떠했을까?

가짜 학위 미스터리

마사 스튜어트의 구체적인 '범죄행위'는 이러하다. 휴가지에서 한 생명공학업체의 치료제가 식품의약청[FDA]의 승인을 받지 못해 주가가 폭락할 거라는 내부 정보를 전해 듣고, 4만5천 달러어치의 소유 주식을 폭락 직전에 팔아 치웠는데, 이 사실을 은폐하려 한 것이다. 마사에게 적용된 혐의는 사법 방해와 음모, 거짓 진술 등이었다.

이를 우리나라에서 종종 일어나는 가짜 박사학위 사건과 비교해보자. 보통 가짜 박사들은 있지도 않은 외국 대학에서, 한글로 된 논문으로, 돈을 내고 학위를 산다. 상식적으로 이런 비리가 드러나면, 교수직에서 쫓겨나거나 최소한 승진에서 불이익을 받아 마땅하다. 그러나 오늘도 우리의 가짜 박사들은 대학에 잘 있다.

이런 경우, 선진국에서는 해당자에게 신뢰 배반을 들어 당장 퇴출 조치를 취한다. 그런데 막상 채용 때 증빙서류를 많이 요구하지 않는다. 한 한국계 미국 교수는 자신이 미국 대학의 교수 공채에 응모할 때 이력서 외에 단 하나의 증명서도 제출하라는 요구도 받지 않았다고 밝혔다.[54] 그런데도 임용 때 수많은 증빙서류를 '까다롭게' 심사하는 우리와 달리, 가짜가 별로 없다. 다른 점이라면 우리는 가짜에 관대하고, 그들은 신뢰를 무엇보다도 중히 여긴다는 것이다.

거짓말과 '사회자본'

우리의 거짓말 행태는 거의 '문화'라 부를 만하다. 학생들은 시험 때 예사로 부정행위를 저지르고, 아무런 죄책감 없이 남의 리포트를 베낀다. 기업은 분식회계로 회사의 재산·부채·손익 발생 상황을 거짓 공시한다. 증권회사 분석가는 기업 분석 보고서를 거짓으로 꾸며 투자자를 오도한다.

그런데 이런 거짓말 문화에 우리 사회는 너무 관대하다. 법원에서 피의자나 참고인이 거짓 진술을 해도 처벌이 거의 없거나 가볍고, 경찰·검찰 등 수사기관에서 한 거짓 진술에는 처벌 조항조차 없다. 분식회계 등 시장경제를 훼손하는 부정행위를 살인범 못지않은 중범죄자로 처벌하고, 투자자를 오도한 증권회사에는 거액의 벌금을 물리며, 거짓 보고서를 작성한 증권 분석가는 거액의 벌금과 함께 증권업계에서 영구 추방하는 다른 나라들과 비교해볼 때 터무니없을 정도이다.

거짓말은 우리의 사회적 기반인프라·infrastructure를 해친다. '사회적 기반'이란 조정과 협력을 촉진하는 연계망네트워크, 참여적 규범, 사회적 신뢰, 시민적 단결, 관용, 시민적 결사civic association·협력의 사회적 구조, 평등한 권리와 책임의 시민정신 등을 말한다. 이를 '사회자본'social capital 또는 '시민공동체civic community 이론'이라고 한다.

가짜 관용 깨뜨리기

사회자본 개념은 최근 민주주의의 조건, 국가 또는 지방정부의 제도적 성과를 결정하는 주요 변수로 제시되었다. 사회자본이 많이 축적된 지역사회는 훨씬 생산적이고 풍요롭다. 시민의 참여가 높은 '시민관여'civic engagement 네트워크는 서로 혜택을 주고받는 호혜reciprocity의 규범을 촉진시키고, 사회적 신뢰를 만들어낸다. 이렇게 되면 집단행동의 딜레마도 쉽게 해결할 수 있다.

다시 말해, 과거에 협력하여 성공한 경험이 있는 시민관여 네트워크는 장차 협력을 이끌어내는 '문화적 틀'cultural template 을 만들어낸다. 이런 밀도 높은 상호작용의 연계망은 참여자의 의식을 '나'에서 '우리'로 변화시키고, 참여자의 집단적 혜택 경험을 확대시킨다.[55]

이런 시민적 신뢰와 단결에 일부 구성원의 거짓말, 그리고 그 거짓말에 대한 관대한 처벌이 어떤 영향을 끼칠지는 말하지 않아도 알 수 있다.

22 | 제독의 자살
불명예처럼 가혹한 처벌은 없다

1996년 5월, 미국에서 '수병 중의 수병'으로 불리던 마이크 부어 제독이 권총 자살했다. 그가 평소 월남전 참전을 홍보하고자 가슴에 V기장을 달고, 또 사진까지 찍은 것이 문제의 발단이었다. 부어 제독이 훈장은 받았어도 V기장은 받지 않았다는 것을 안 언론이 사실 여부를 추적하기 시작하자, 자살을 택한 것이다. 말하자면 '명예 자살'이었다. 그는 정말 명예를 훼손당했을까? 그리고 명예가 목숨보다 가치 있는 것일까?

명예와 맞바꾼 죽음

용기를 뜻하는 V^{Valor}기장은 실전공로기장으로, 직접 적의 위협에 노출됐던 참전 군인에게만 수여되는 영예의 상징이다. 이 V기장이 문제가 되자 부어 제독은 더는 이 기장을 달지 않았고, 실수로 달았음을 언론에 밝히겠다고 약속했다. 그러나 《뉴스위크》 기자와 인터뷰 약속을 해놓은 상태에서 그는 죽음을 선택했다. 이후 《워싱턴포스트》지는 훈장 규정에 의하면 그가 V기장을 받을 자격이 있다고 보도했다. 그런데도 목숨을 버린 이유는 명예 때문이었다. 그는 미국 역사상 해군사관학교를 나오지 않고 수병에서 해군참모총장까지 오른 유일한, 입지전적인 인물로 존경받았다.

뒤늦게 발견된 유서에서 부어 제독은 이렇게 토로했다.

"나의 수병들에게…… 그토록 사랑하는 우리 해군의 심장인 여러분이 나로 인하여 불명예를 안게 되는 것을 도저히 견딜 수 없었습니다."[56]

명예는 사회자본의 소산

공정한 규칙과 적절한 상벌 규정 및 그 실행은 한 사회의 수준과 사회자본 정도, 그 사회가 지향하는 가치가 무엇인지 보여주는 중요한 척도이다. 마이크 부어의 죽음은 쿠데타를 일으키고, 시민을 학살하고, 엄청난 돈을 챙기고도 부끄러워할 줄 모르는 정치군인들만 보아온 우리에게 신선한 경종이다. 이런 차이는 어디에서 나오는가? 단순한 개인 차이인가?

'명예'란 본디 세상의 평판과 밀접한 연관이 있는 개념이다. 다시 말해, 먹고사는 문제와 큰 관계가 없다는 뜻이다. 명예의 가치를 중시하는 사람에겐 불명예처럼 가혹한 처벌도 없지만, 불명예를 불명예인 줄조차 모르는 이들에게는 아무것도 아닌 것이다.

불명예는 역사적 처벌이다

과거사 청산 작업도 명예와 불명예를 가리는 작업이라고 할
수 있다. 그런데 '훌륭함'이란 가치는 구체적인 수치나 자료로
평가하기 어렵다. 그래서 평가 방법과 상벌 규정을 두고 대립
과 갈등이 생기는 것이다. 그러면, 이런 일을 왜 해야 하는
가? 불명예 자체가 역사적 평가에 의한 처벌이기 때문이다.
남아프리카공화국의 '진실과 화해 위원회'Truth and Reconciliation
Commission는 그런 의미에서 우리에게 좋은 선례가 될 만하다.

징벌적 정의와 복권적 정의

남아프리카공화국은 17세기 이래 유럽에서 이주한 16퍼센트의
백인 지배층이 나머지 비백인들을 정치적·경제적·사회적으로
억압하고 차별한 악명 높은 인종차별정책apartheid · 아파르트헤이트을
고수했다. 그러나 1994년, 남아공 정부는 국제적 압력과 국내
저항에 굴복하여 감옥에 27년 간이나 갇혀 있으면서 평화적인
인종 분규 종식을 역설한 반정부 지도자 넬슨 만델라에게 정권
을 넘겨주었다. 당연히 엄청난 보복이 뒤따를 것이라고 예상되
었다. 그러나 만델라 대통령은 '징벌적 정의'retributive justice 대

신, 진실을 고백하고 자기 과오를 참회하면 죄를 사해주는 흑백 화해정책을 추진했다.

비폭력 투쟁에 앞장선 공로로 1984년 노벨평화상을 수상한 성공회 대주교 데스몬드 투투가 이끄는 '진실과 화해 위원회'를 설치하여, 참회하는 이들을 용서한 것이다. 이로써 만델라는 '복권적 정의'restorative justice를 구현한 위대한 선례를 만들었다. 백인뿐만 아니라 흑인 쪽의 반인권 행위도 공평하게 조사 대상에 넣고 4년 간의 조사 활동을 벌인 결과, 가해 사실을 고백한 1천 여 명이 사면받았다. 처벌 대신 명예를 회복시켜주는 복권적 정의가 제대로 작동하자, 피해자 측이 가해자를 알게 된 뒤에 개별적으로 보복하는 일이 단 한 건도 일어나지 않았다.

게임의 규칙을 정할 때 명심할 10가지 원칙

1. 규칙에는 유인기제가 있어야 한다

2. 원칙은 합의와 승복으로 완성된다

3. 규칙을 지키면 최소한 손해는 보지 않아야 한다

4. 강요하지 말고 유인하라

5. 좋은 게임은 좋은 규칙에서 나온다

6. 변하지 않는 규칙은 없다

7. 오심도 경기의 일부이다

8. 공정함은 상식에서 나온다

9. 이중 브레이크가 더 경제적이다

10. 관대한 처벌은 안 하느니만 못하다

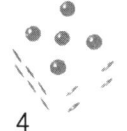

4
풍요로운 게임 시스템을 구축하라

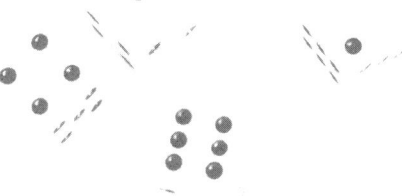

23 | 로마클럽의 다층 노동모델

이제는 '인간적인' 효율성을 따질 때

'로마클럽'the Club of Rome이란 1968년 4월 서유럽의 정계·재계·학계의 지도급 인사가 이탈리아 로마에서 결성한 미래 연구단체이다. 전세계의 두뇌들이 모여 인류가 직면한 정치·사회·경제·기술·환경·심리학·문화 등 각 분야의 문제를 논의하고 제언하는 역할을 한다. 이 로마클럽에서 1997년 「다층多層 노동모델로의 패러다임 전환」이라는 보고서를 내놓고, 새로운 노동모델 설계와 도입을 제안했다. 로마클럽이 제시한 다층 노동모델이란 무엇일까?

미래의 노동을 준비하라

로마클럽이 제안한 '다층 노동모델'에는 여러 가지 흥미로운 제안이 담겨 있다. 그중에서도 기업의 자유로운 생산 활동을 거쳐 화폐로 환산돼 교환되는 공식적인 경제 활동으로서의 노동 외에, 화폐로 교환가치가 표현되지 않는 가사노동과 병역

등 공공 부문까지 일자리에 포함시키자는 제안은 노동의 가치 및 미래의 노동 형태와 관련하여 중요한 암시를 던져준다. 이 제안대로 노인이나 주부, 기타 노동시장에서 경쟁력 없는 사람들을 위해 주 20시간에 해당하는 '시간제 노동'을 활성화해서 최저 생계비를 보장해주거나, 자원봉사 등 자발적인 서비스도 일자리에 포함시킨다면 좀 더 '사람 냄새' 나는 노동 환경이 만들어지지 않을까.[57]

인류는 산업화가 계속 진행되며 일자리가 계속 창출될 것이라고 믿었지만, 기술과 기계의 발달이 인간의 노동을 대체하며 오히려 실업이 사회문제가 되기에 이르렀다. 전세계적으로 노동자의 채용과 해고를 쉽게 하며 일자리 창출에 주력하는 영미식 '신자유주의'는 빈부 격차를 벌리는 양극화 현상을 심화시키고, 반면 사회복지와 고용복지를 중시하며 실업 해소에 주력하는 유럽식 '사회적 시장경제주의'는 저성장과 높은 실업률로 고민한다. 로마클럽의 제안은 바로 이런 딜레마에서 벗어날 방향을 제시했다.

리엔지니어링 구조조정이 부른 '게임 함정'

1980년대 중반부터 세계 각국에 세계화 바람이 불면서 많은 기업들이 경쟁력 강화를 내세우며 대량해고를 감행했다. 이는 미국 기업에 몰아친 인수합병 물결과 맞물리며 수많은 사람들의 일자리를 앗아갔다. 이런 기업 구조조정 방식을 정당화한 이론이 마이클 햄머의 '리엔지니어링're-engineering 이론이다. 미국 매사추세츠 공대 교수인 햄머는 1990년 《하버드 비즈니스 리뷰》에서 이 이론을 처음 제시하고, 2년 뒤 『기업의 리엔지니어링』이란 책에서 이를 구체화했다. 이 이론은 곧바로 우리나라에도 수입되어 한동안 유행어가 되었다.

그러나 햄머식 구조조정은 대량해고와 과다한 작업량 및 노동 의욕 저하 등 온갖 부작용과 후유증을 불러왔다. 심지어 햄머를 직접 불러 구조조정 작업을 하던 기업이 중간에 그만두는 일까지 일어났다. 급기야 1996년 3월 《뉴욕타임스》지가 일주일에 걸쳐 햄머식 구조조정의 문제점을 대형 특집 기사로 내보내고, 같은 해 11월 《월스트리트저널》이 1면 머릿기사로 그 부작용과 문제점을 자세히 보도하기에 이르렀다. 과도한 경쟁으로 결국 공멸하는 '게임 함정'game trap에 빠지고 만 것이다.

이 이론을 주창한 햄머도 인간의 문제를 도외시한 채 단순히 기계적으로 구조를 개편하는 것이 온당한 접근이 아님을 수많은 실패를 통해 깨닫고, 구조조정에서 인간적 요소를 제대로 고려하지 못했다고 고백하며 자신의 이론에 문제가 있음을 시인했다.[58] 이후 대량해고가 장기적으로 볼 때 기업에 더 손해라는 연구와 인식이 널리 확산됐다. 경쟁력과 효율성만이 능사가 아님이 입증된 것이다.

코끼리는 춤추지 않는다

동물학자들에 의하면, 원숭이·침팬지 등의 유인원이나 늑대나 코끼리 같은 '사회적' 동물, 호랑이나 곰처럼 넓은 서식지에서 생활하는 육식동물을 동물원에 가둬두면 극심한 스트레스를 받아 이상행동을 보인다고 한다. 우리 안에서 똑같은 코스를 반복해서 왔다 갔다 하거나, 벽에 등을 부딪치고 고개를 흔드는 등 같은 동작을 반복하는 '정형행동'을 한다. 이를 보고 사람들은 '코끼리가 춤을 춘다'고 한다.

선진국 동물원에서는 제한된 공간에서라도 스트레스를 줄여주고자 소도구를 매일같이 바꿔 넣어주어 호기심을 유발시키고, 먹이를 일부러 숨겨두고 찾게 한다거나 사육장 내부 환경을 더 복잡하게 만들고, 일정 기간마다 사육장을 순환시켜 새로운 환경에 노출시킨다. 이른바 '행동풍부화', '환경풍부화'이다.[59]

테일러주의와 포드주의

경영학에서 효율성을 얘기할 때 빼놓을 수 없는 두 가지가 '테일러주의'Taylorism · Taylor system와 '포드주의'Fordism · Ford system이다. 1911년 미국인 F. W. 테일러가 제창한 테일러주의, 곧 '과학적 관리법'은 근로자의 창의적 의욕에 의존하던 기존의 작업 관리 방식을 경영자가 주도하는 과학적 관리로 대체했다. 이 시스템의 핵심은 표준 노동량 산정과 작업량에 따른 차등 임금 지급이다. 테일러는 이를 통해 노동생산성을 향상시키고, 경영자와 노동자가 모두 만족하는 합리적 근무 여건을 만들려고 했다.

포드주의는 1903년 미국의 자동차왕 헨리 포드가 도입한 컨베이어벨트식 작업 시스템에서 유래했다. 포드는 제품을 규격화하고, 컨베이어벨트라는 전문 기계를 도입하여 생산효율성을 극대화하는 '대량생산 시스템'을 만들어냈다.

그러나 오늘날 테일러주의와 포드주의는 인간의 노동을 기계화하고, 인간을 기계의 일부로 만든 '비인간적인' 시스템이라는 비난을 면치 못한다. 둘 다 인간의 심리적·사회적 특성은 고려하지 않은 채 효율성과 생산성에만 집중한 결과이다. 그렇다면 효율성과 인간성이란 두 마리 토끼를 다 잡을 방법은 없을까?

즐거움만큼 효율적인 것은 없다

"나는 무슨 일이건 항상 즐기며 한다. 나는 경기의 중압감조차 즐긴다."[60]
1994년 '올해의 신인상'을 받으며 LPGA 투어에 데뷔한 이래 '철의 여
인, 기록의 여인, 컴퓨터 스윙, 골프 여제'로 불리며 세계 여자 프로골프
계에 군림하는 아니카 소렌스탐의 말이다. 치열한 승부가 벌어지는 프로
세계에서 경기의 중압감마저 즐긴다는 소렌스탐의 힘은 어디에서 나오는
걸까?

틈나는 대로 연습한 '코로사 핸드볼팀'의 우승

장미 농가에 묘목을 판매하는 '코로사'라는 회사가 있다. 낯선
이름의 이 회사는 우리나라 남자 핸드볼계에서 명문 팀으로
꼽힌다. 장미꽃 육종회사가 핸드볼팀을 만든 사연은 이렇다.
이 회사 사장은 중학교 때 핸드볼을 접한 뒤, 독일에서 공부
하면서도 7년간 클럽 핸드볼팀 선수로 활약했다. 그리고 귀국

하여 사업을 시작한 뒤, 2001년 회사 직원들로 남자 핸드볼팀을 만들어 창단했다. 직원 19명 중 16명이 감독과 선수로 뛰는 식이다. 이들은 평소 영업이나 유통, 법률팀으로 나뉘어 회사일을 하고, 틈나는 대로 연습한다. 비인기 종목 선수지만, 안정된 직장과 진로에 대한 보장이 있어 '토론하고 생각하는 핸드볼'을 할 수 있었다. 코로사 핸드볼팀은 2002년 1월 핸드볼 큰잔치 2차 대회에서 무패로 우승하고, 대한항공배 2005~2006 핸드볼 큰잔치에서 대회 2연패를 달성했다.[61]

'비교우위론'의 경제학

사람이 자기가 좋아하는 일, 잘하는 일을 할 때 최대의 효과를 거둔다는 것은 이제 상식이다. 이를 경제학에서 쓰는 '비교우위'comparative advantage와 '기회비용'opportunity cost 이론으로 설명해보면 이렇다. 회사 사장인 A는 모든 면에서 직원인 B보다 뛰어나다. 경영도 잘하고, 운전도 더 잘한다. 그러므로 A가 경영도 하고, 운전도 해야 한다는 보는 것이 '절대우위론'이다. 이렇게 되면 A는 몸이 두 쪽 날 판인데, B는 매일 논다. 결국 A는 상대적으로 자신이 맡는 것이 더 나은 사장 노릇을 하고, 운전은 B에게 맡기는 것이 A와 B에게 둘 다 좋다. 이것이 '비교우위론'이다.

'기회비용론'의 경제학

이때 A가 연봉 10억 원의 사장직과 연봉 3천만 원의 운전직 중 사장직을 선택하면, 운전직은 당연히 포기해야 한다. 이 '포기한 대안선택지을 선택했을 때 얻게 되는 편익'을 기회비용이라 한다. 즉, 연봉 3천만 원이 A가 들인 기회비용인 것이다. 반면 능력 없는 B는 사장을 선택하면 연봉이 아예 없고, 운전직을 택하면 3천만 원을 벌 수 있다. B는 당연히 운전직을 택한다. 이처럼 어떤 선택을 할 때 그 선택의 편익이 기회비용보다 많아야 좋은 선택이라고 판단하는 것이 '기회비용론'의 가르침이다.

경제학 이론 뛰어넘는 '즐거움의 경제학'

비교우위 이론이나 기회비용 이론은 개인이든 구성원이든 각자 자신의 특기나 적성에 맞고, 좋아하는 일을 선택했을 때 가장 좋은 결과가 나온다는 사실을 뒷받침한다. 그렇다면 코로사 핸드볼팀 선수들은? 회사일과 운동을 조화롭게 병행하고 있으니, 어느 한쪽을 선택해야만 하는 비교우위론과 기회비용론의 압박에서 벗어났다고 하겠다.

'인간적인'의 다른 말은 '풍요로움'이다

2003년 《아시아 월스트리트 저널》은 유한킴벌리를 대한민국 최고 직장 1위, 아시아 6위에 선정했다. 유한킴벌리 대전 공장의 생산성은 킴벌리 공장이 있는 다른 국가와 비교해보아도 월등히 높다. 뿐만 아니라, 소비자 불만지수도 최소를 기록하여 미국과 영국, 멕시코, 호주 등의 킴벌리 공장들의 벤치마킹 대상이 된다. 그 비결은 무엇일까?

인간적 직무 설계

과거 대량생산체제에서 노동자는 천천히 돌아가는 작업대 앞에 앉아 각자 담당한 부품을 끼워 맞추는 단순 반복 작업을 수행했다. 그러다 보니 직무 수행의 능률성·획일성·표준화·기계화 등에 집착하여, 어떻게 하면 시간과 동작을 최소화할 것인가만 고민했다. 그러나 이제 이렇게 직무 설계를 하는 기업은 별로 없다. 이제는 개인이나 단체나 좀 더 다양한 업무를 자율적이고 창의적으로 할 수 있는 환경을 만들려고 한다. 다음은 이를 위해 각 기업들이 채택하는 대표적인 경영 기법이다.

- **직무 확장** job enlargement 기존 직무에 '수평적으로' 연관된 직무 요소나 기법을 덧붙여 직무 범위를 다양화하는 것이다. 가령 부품을 조립하는 일에 부품 포장 일을 더하여, 비인간적인 느낌과 따분함을 줄이는 기법이다.
- **직무 풍요화** job enrichment 기존 직무를 '수직적으로' 연장하는 것이다. 담당자의 책임성과 자율성을 높이고, 작업 일정을 자율적으로 결정하며, 직무 수행의 피드백반응과 결과 과정을 원활하게 하고, 새로운 학습 기회를 제공하는 것이 풍요화에 포함된다.
- **작업집단 발전**team building 2000년대 들어 정부 기관과 일반 기업에 널리 도입된 '팀제'가 대표적이다. 작업집단 구성원들이 협력 관계를 형성하여 조직의 효율성을 높인다.
- **인간중심적 업무 재설계**employee-centered work redesign 직원들이 자기 직무의 재설계에 참여하여 쇄신책을 제안하는 것으로, 직원의 직무 만족도와 조직의 목표 성취도를 동시에 향상시킬 수 있다.[62]
- 이 밖에 각 구성원에게 자기 업무에 대한 권한과 책임을 동시에 부여하는 **'권한 부여'** 혹은 **'힘 실어주기'**empowerment 등도 있다.[63]

'인간적'의 다른 말은 '풍요로움'이다

성공적인 윤리경영의 사례로 꼽히는 유한킴벌리의 조직 관리는 좋은 모델이 될 만하다. 나무 심기 운동 등 사회 공헌 활동을 꾸준히 벌여 기업의 사회적 책무와 역할을 성실히 수행해온 유한킴벌리는, 자사의 생산성 향상의 비결로 '지식 경영'과 '개선 활동', '존중 문화'를 꼽는다.

특히 지식 사원을 양성하는 데 힘쓰는데, 기능직 사원의 경우 연간 250~350시간의 교육 시간이 마련된다고 한다. 이를 위해 종전의 3조 3교대·2조 2교대 근무 방식을, 4조 2교대·4조 3교대 근무 방식으로 바꾸어 직원들이 충분한 시간을 갖고 휴식과 교육을 즐기도록 했다. 교육 내용도 직무 교육 외에, 그림 감상 등 다양한 교양 교육을 병행한다. 이런 교육의 결과가 높은 생산성으로 이어지는 것이다. 직원의 목표와 기업의 목표가 일치하는 바람직한 사례라 할 만하다.

빌 게이츠의 '여러 우물론'

하버드 대학 3학년 때 학교를 때려치우고 마이크로소프트 사를 창업하여 세계적인 기업으로 키운 빌 게이츠는, 자신의 성공담을 핑계로 공부를 게을리하는 아이들에게 이렇게 말했다.

"다양한 학문을 섭렵하는 것이 중요하다. 나는 고등학교 시절에 소프트웨어 개발에 매료된 적이 있다. 그렇지만 다양한 학문의 세계를 경험하는 데 훨씬 더 많은 시간을 할애했다. 대학에서도 컴퓨터 강좌는 한 과목밖에 듣지 않았다. 그 대신 다양한 분야의 과목을 들으며 교양을 쌓았다. 아이 적엔 종종 한 분야에 집중하는 것으로 자기 정체성을 확인하려고 한다. 그러나 그 때문에 더 넓은 세상에 눈뜰 기회를 놓친다면 불행이 아닐 수 없다. 컴퓨터든 외국어든 무용이든 특별히 소질이 있다면 좋겠지만, 한 우물을 파겠다고 다른 과목은 거들떠보지도 않는 것은 정말 큰 실수가 될 수 있다. 청소년기에는 학문의 자양분을 골고루 받아들여 호기심을 채우고, 친구들과 격론도 벌여가며 사회성을 익히는 게 바람직하다. 그렇지 않으면 나중에 반드시 후회할 것이라는 게 나의 진심 어린 충고이다."[64]

멀티플레이어가 돼라

1900년대 초 미국 필라델피아에서 푸치니의 <라 보엠>이 공연될 때였다. 콜리네 역을 노래하던 베이스가 갑자기 목소리가 잠겨 소리가 나오지 않았다. 공연을 중단해야 할 것인가? 무대 뒤편에서는 긴장감이 감돌았다. 그런데 이 베이스가 무대에 오르더니 '낡은 외투의 노래'를 완벽하게 부르는 것이 아닌가? 사실 그 목소리의 주인공은 당시 세계적인 테너로 명성을 떨치던 엔리코 카루소였다. 카루소가 객석을 등진 채 노래하는 동안, 콜리네 역을 맡은 베이스 가수가 노랫소리에 입만 맞춘 것이다. 그런데 테너인 카루소가 어떻게 베이스 노래를 불렀을까?[65]

바리톤ㆍ베이스까지 소화한 '황금 테너'

테너이면서 바리톤과 베이스까지 소화해낸 카루소였기에 가능한 일이었다. 위대한 '황금 테너'로 불리는 이탈리아 출신 가수 엔리코 카루소는 처음에 바리톤으로 시작했다. 10년 간 성

악 공부에 매달리던 그는, 어머니가 사망한 뒤 생계가 어려워
지자 낮에는 공장에서 일하고 밤에는 한 식당에서 노래를 불
렀다. 그러다 노래를 못 부른다고 식당에서 쫓겨나는데, 어느
날 같은 공장 동료가 창밖에 숨어 대신 세레나데를 불러주면
저녁을 사겠다고 제안한다. 동료는 어두운 달빛 아래서 카루
소의 노래에 맞춰 입만 움직이는 립싱크를 연기했다. 남자는
결국 사랑에 골인했고, 카루소의 달콤한 목소리는 금세 노동
자들 사이에 퍼져나갔다. 그리고 마침내 그의 진가를 알아주
는 스승 베루지네를 만난 카루소는, 테너로 전향한 뒤 위대한
'황금의 테너'가 되었다.

세계 육상 중장거리 종목 휩쓴, 파보 누르미

핀란드 육상선수로 나는 것처럼 빨리 달린다고 해서 '나는 핀

란드인'이라 불린 파보 누르미. 20세기 전반기 세계 육상 장거리계를 휩쓴 '슈퍼맨'이었던 그는, 1924년 파리올림픽 1,500미터에서 우승하고, 한 시간 뒤 열린 5천 미터에서도 올림픽 신기록으로 우승했다. 그렇게 5일 동안 네 개 중장거리 종목에서 단체전 한 개를 포함하여 연속 다섯 개의 금메달을 독점하고, 1만 미터 크로스컨트리 경기에서까지 우승하였다. 세 번의 올림픽에서 무려 아홉 개의 금메달과 세 개의 은메달을 따는 대기록을 세웠다.

그의 인기가 얼마나 대단했던지 세계적인 육상대회가 열릴 때면 주최 측은 누르미의 출전을 위해 물밑 돈거래를 추진하여, '1미터당 1마르크'라는 공정 가격까지 생길 정도였다. 오죽하면 그의 경주를 일컬어 '돈지갑 경주'라고 했을까. 결국 핀란드와 경쟁 관계에 있던 스위덴 체육인들이 주도한 국제육상연맹이 13 대 12, 한 표 차로 누르미의 '유죄'를 인정하는 바람에, 누르미는 1932년 로스앤젤레스올림픽 출전 자격을 박탈당했다. 그는 스포츠를 신분 상승과 돈벌이 수단으로 삼은 최초의 슈퍼스타이자 '위대한 속물'이었다.

위대한 원조 '멀티플레이어'

어쨌든 파보 누르미는 전무후무한 육상 '멀티플레이어'multiple player였다. 이후 육상 종목에서 누르미 같은 선수는 다시 나타나지 않았고, 앞으로도 그와 같은 멀티플레이어를 다시 보기는 어려울 것이다. 사실 육상은 종목 특성상 멀티플레이어가 나오기 어렵다. 그러나 축구나 배구 같은 단체게임의 경우는 좀 다르다. 팀 경기에서 자리에 상관없이 어떤 자리에서도 제 몫을 해내는 멀티플레이어의 중요성은 점점 더 커지고 있다. '멀티플레이어'란 용어는 이제 스포츠 영역을 넘어 사회 전반에서 널리 쓰인다.

풍요로운 전문성

우리나라에서 멀티플레이어란 말이 널리 쓰이게 된 계기는 2002년 월드컵이었다. 2000년 12월, 히딩크가 한국 축구 대표팀 사령탑을 맡을 때만 해도 국내 축구 전문가들의 기대는 그리 크지 않았다. 그런 그가 2002년 월드컵에서 대표팀을 4강에 올려놓자 그 비결이 무엇인지에 관심이 집중되었고, 그 비결 중 하나로 꼽힌 것이 멀티플레이어 또는 전방위 경기자 all-round player의 육성이었다.

멀티플레이어가 환영받는 까닭은, 다방면에 걸친 폭넓은 관심과 전문성이 특정 업무 이해도에도 큰 영향을 미치기 때문이다. 각 분야나 업무는 서로 연결돼 있고, 심지어 겹쳐져 있다. 또 업무가 세분화·전문화될수록 전체 그림에서 해당 업무가 차지하는 역할이나 비중을 파악하는 것이 중요해진다. 그래서 어느 분야에서건 '풍요로움'이 화두로 떠오른 것이다.

스타키의 전 직원은 멀티플레이어!

세계적인 보청기 회사인 스타키의 한국지사는 사장 이하 전직원이 세계 최고 수준의 멀티플레이어다. 영업사원이 직접 보청기를 수리하고, 바쁘면 회계 담당 직원이 보청기 생산 라인에 투입되어 하루 만에 첨단 맞춤형 보청기를 생산한다. 사장도 일주일에 두세 번은 현장에서 영업 활동을 하고, 다른 임원들도 모두 담당 거래처가 있다. 한국지사의 사장은 1996년 이래 10년째 눈부신 성과를 올려, 본사 회장과 사장 다음의 서열 3위로 대접받는다.[66]

협소한 안목의 전문행정가는 안 된다

멀티플레이어 자질은 직급이 높아질수록 더 절실해진다. 가령 A와 B가 부사장 자리를 놓고 경합하는 상황이다. 그런데 A는 한두 자리에 적합한 전문가이고, B는 서너 자리에 적합한 전문가이다. 누가 더 부사장에 적합한 사람인가?

한 분야만 익혀온 사람은 다른 분야를 이해하지 못하고, 유기적인 관련성을 놓치기 쉽다. 직급이 낮으면 협소한 안목의 전문행정가specialist, professionalist라 해도 크게 문제 될 것이 없으나, 고위직으로 올라갈수록 전체적이고 유기적인 일반행정가generalist의 안목을 지녀야 한다. 그렇지 않으면 중요한 일을 그르치고, 전체 조직을 위험에 빠뜨릴 수 있다. 대통령은 물론이고, 총리나 장관들에게 '전문성' 못지않게 전체적·유기적 안목이 중요한 이유가 바로 여기에 있다.

리더는 과학자가 아니라 예술가이다

대학에서 강의 시작 시간이 10분 정도 지난 뒤, 한 학생이 다른 학생들에게 "휴강!"이라고 소리치고 강의실을 나갔다. 그런데 어떤 학생이 휴강을 알리느냐에 따라 학생들의 반응에 큰 차이가 있었다고 한다. 평소 성실한 학생이 소리치고 나가면 90퍼센트 이상의 학생들이 그 뒤를 따르는데, 불성실했던 학생이 소리치면 90퍼센트의 학생이 그대로 앉아서 선생을 기다렸다. 이러한 차이는 무슨 의미가 있을까?

좋은 리더십이란?

이 이야기는 구성원의 믿음을 얻는 것이 리더의 기본 자질임을 말해준다. '리더'leader란 조직이나 단체 따위에서 전체를 이끌어가는 위치에 있는 사람, 그러니까 영향력을 발휘하여 남을 지휘하고 인도해야 하는 사람이다. 감독의 성품이나 자질에 따라 팀 플레이의 성격이 바뀌는 스포츠 게임처럼, 각 분야의 리더는 한 가정과 회사, 국가의 모습을 바꿀 수 있다.

그럼 좋은 리더십^{leadership} · 지도력이란 어떤 리더십인가? 그것은 조직의 상황이나 주변 여건, 구성원의 자질, 추구하는 목적 등에 따라 달라질 수 있다.

자질론 · 행태론 · 상황론

이 때문에 리더십 이론도 계속 변화 발전해왔다. 리더 개인의 자질 · 속성 · 특성 등을 중시한 자질론으로 시작하여 행태론으로 이어지고, 다시 상황론으로 보완되었다.

- **'자질론'**trait theory·속성론에서는 리더의 지적 능력, 직무 숙지 능력, 자신감, 지배 성향, 언어 구사력, 통찰력, 판단력, 결단력, 사교성, 사명감, 육체적 특성, 도전적 자세, 책임감 등을 중요한 자질로 꼽는다. 그러나 이러한 자질과 조직성의 상관관계를 연구한 결과가 제각각이었다. 따라서 좋은 리더가 되는 데 필요한 필요충분조건으로서의 자질을 과학적으로 입증하는 데에는 한계가 있다.
- 그래서 자질론을 어느 정도 인정하며, 이를 보완하는 이론으로 등장한 것이 리더의 행동과 태도에 초점을 맞춘 **'행태론'**behavioral theory이다. 리더의 행태 연구로 가장 많이 알려진 것이, 1938년 독일 태생의 미국 심리학자 쿠르트 레빈 팀의 연구이다. 실험실에서 열 살짜리 아이들에게 장난감 만들기 놀이를 시키고, 선생님이 각

각 권위주의형·민주주의형·자유방임형 리더의 행태를 보인 뒤 이를 비교 연구한 것이다.

- **권위형**은 아이의 참여를 배제하고 선생님이 모든 방침과 작업 과제를 결정·지시하고, 잘못을 비판하는 업무 성취 지향적·독재적·리더 중심적 리더십이다.

- **민주형**은 선생님이 과업 배정 등에서 최종 의사 결정권을 갖되, 아이의 참여를 보장하여 자율적으로 결정할 수 있게 도와주는 인간관계 지향적·부하 중심적 리더십이다.

- **자유방임형**은 간섭하지 않고 모든 것을 아이들의 자유에 맡기고, 아이들이 요청할 때에만 정보를 제공하고 참여하는 리더십이다.

그 결과는, 예상하다시피 아이들은 민주형 리더 행태를 가장 좋아할 뿐더러, 그것이 가장 효율적이었다.

사람 중심이냐 직무 중심이냐

미국 미시간·오하이오 대학교 등이 참여한 연구팀이 '사람 중심'과 '직무 중심'의 리더십을 각각 비교한 연구도 있다.

- **사람 중심형**은, 리더가 우선 구성원의 욕구와 이해 등 인간적 측면에 더 관심을 갖고 이해하고 배려하며 상호 신뢰와 존경의 인간관계에서 임무를 달성하고자 하는 유형이다.

- **직무 중심형**은, 리더가 임무 달성에 더 관심을 갖는다. 그리하여

조직이나 업무의 구조를 설계하고, 업무 목표와 역할을 분명하게 설정한 뒤 생산성을 높여 과업을 완수하고자 하는 유형이다.

이 연구 결과, 리더가 사람과 직무를 둘 다 고려하여 일을 추진할 때 직원의 불평도와 이직률이 가장 낮고 생산성은 가장 높은 것으로 나타났다.

지원적 리더인가, 지시적 리더인가

이 밖에도 효과적인 리더십이란 무엇인지를 놓고 수많은 연구가 진행됐는데, 그 결과들은 리더십 효과에 무수히 많은 변수들이 작용한다는 사실을 확인시켜주었다. 그중 눈에 띄는 것이 임무의 특성, 조직 문화, 부하의 기대 등 상황 요인에 따라 리더에게 요구되는 자질과 행태도 달라진다는 '상황론'situational theory이다. 상황론은 행태론을 보완하는 이론으로, 리더의 행태에 관한 변수와 상황적 변수를 연관시켰다.

● 대표적으로 프레드 피들러의 '상황 적응적 리더십 모형'ledership contingency model이 유명하다. 이 모형은 리더와 구성원의 관계가 좋고 임무가 잘 제시돼 작업 조건이 잘 갖춰진 유리한 조건부터, 가장 불리한 상황에 이르기까지 8가지 다른 상황을 설정하여 각각 어떤 결과가 나오는지 살폈다. 그 결과, 가장 유리하거나 가장 불리한

상황에서는 직무 중심형이 적합하지만, 중간 정도의 상황에서는 인간관계^{사람} 중심형의 리더십이 필요하다는 결론이 나왔다.

- 리더의 행태가 부하의 만족도와 실적에 어떠한 영향을 미치는지 설명해주는 '**경로-목표 이론**'path-goal theory도 상황이론에 속한다. 이에 따르면, 인간관계 지향성이 뛰어난 '지원적' 리더는 열악한 작업 조건이나 과업 상황에서 높은 리더십 효과를 보이고, 과업 지향성의 '지시적' 리더는 과업이 불확실하고 복잡한 상황에서 리더십 효과를 높게 보인다고 한다.
- 오늘날에는 급변하는 환경에 맞춰 조직의 생존과 발전을 꾀하는 '개혁'을 추동할 수 있는지를 중시하는 '**변혁적**전환적 **리더십**' transformational leadership이 강조된다.[67]

리더십은 과학이 아닌 예술이다

이처럼 리더십, 곧 지도력이란 어떤 인과적 관계를 근거로 '이런 경우에는 이렇게 해야 한다.'는 식으로 유일한 최선을 꼽을 수 있는 '과학'이라기보다, 각 이론을 참고하고 종합하되 그때그때 리더가 창조적이고 융통성 있게 적용하고 발휘하는 '예술'이라고 할 수 있다.

좋은 리더십은 시대나 사회 변화 및 상황에 따라 변화하지만, 그 기본 자질은 동서고금이 일맥상통한다. 이제 기본적인 리더의 자질과 리더십 유형을 살펴보자.

섀클턴-솔선수범의 리더십

아일랜드 출신의 영국 탐험가 어니스트 섀클턴은 희생과 솔선수범의 리더십으로 유명하다. 1914년 8월, 섀클턴과 대원 27명을 태운 '인듀어런스' 호가 남극으로 출발했다. 그런데 이듬해, 남미 남단을 지나다가 갑자기 얼어붙은 웨들 해 빙판에서 좌초하고 말았다. 이 상태로 배에서 10개월을 버텼으나, 결국 배는 부서졌다. 섀클턴 팀은 할 수 없이 떠다니는 얼음 위에 텐트를 치고, 펭귄과 물개를 잡아먹으며 연명했다. 그리고 간신히 무인도인 엘리펀트 섬에 도착한 섀클턴은, 대원 5명을 이끌고 구명보트로 1,280킬로미터의 드레이크 해협을 건넜다. 그리고 도끼와 로프만으로 해발 3천 미터의 얼음산을 넘어 영국령 사우스조지아 섬의 기지에 도착했다. 그는 남은 대원들을 구조하려고 범선·포경선·트롤선 등으로 세 차례나 돌아가려고 했으나 모두 실패했다. 1916년 8월, 결국 칠레 정부의 예인선을 빌려 시도한 네 번째 항해에서 그는 단 한 명의 희생자도 없이 대원들을 이끌고 되돌아왔다. 난파 643일 만이었다.

섀클턴은 매일매일 끊임없이 목표를 만들어나갔다. 그리고 고통이나 궂은일에 솔선수범했다. 조난 즉시 선장에게 지급되는 특식을 포기하고, 짐을 줄여야 할 때 가장 먼저 자기 소지품을 버렸다. 뒤쳐진 대원들을 구조할 때에도 늘 앞장섰다. 그는 공동체 정신을 훼손시키지 않으려고 최선을 다했다. 결

코 부류를 나누어 일을 하거나 정보를 독점하지 않았다. 귀족과 천민이 섞인 대원들을 통솔하고자 계급도 타파했다. 자신이 낙담하고 동요하면 바로 그 순간부터 리더십이 실종된다는 사실을 잘 알고, 아무리 어려운 상황에서도 대원들과 파티를 열고 노래를 부르며 웃음과 희망을 잃지 않았다. 비록 남극 탐험에 실패했지만, 그의 마음을 안 대원들은 그의 리더십을 전폭 신뢰했고, 그것이 인류 탐험사에서 역경을 딛고 전 대원을 살려 돌아온 값진 기록을 남기게 되었다.[68]

처칠—비전과 용기의 리더십

2차대전 당시 영국을 이끈 윈스턴 처칠은 비전과 용기의 중요성을 잘 보여준다. 전쟁 초기에 영국은 고립무원의 섬이었다.

유럽 대륙 전체가 독일의 히틀러와 이탈리아의 무솔리니 손에
들어갔고, 이제 남은 건 영국뿐이었다. 영국 수상 처칠은 어
떤 상황에서도 기죽지 않고 정장 차림에 시거를 물고 회담장
과 전쟁터를 누비고 다니며, 연합군이 결국 승리한다고 장담
했다. 그리고 히틀러가 쉴 새 없이 런던에 폭탄을 퍼부을 때
에도, 대피하지 않고 건물 위로 올라가 폭격 상황을 점검했다.
히틀러 공포에 시달리던 국민들도 그의 비전과 용기에 감동하
여 평상심을 되찾았다.

히딩크 – 믿음의 리더십

2002년 한일월드컵에서 한국 축구팀을 4강까지 진출시킨 거스
히딩크 감독의 리더십은, 전문 능력을 바탕으로 한 인사 철학

에서 찾을 수 있다. 잘 알다시피, 히딩크 감독은 월드컵 경기에서 페널티킥을 실축한 이을용과 안정환 선수를 교체하지 않고 그대로 뛰게 했다. 결국 이 선수들이 중요한 순간에 결정적인 공을 세웠다.

히딩크는 의심스런 사람은 쓰지 않되 한번 쓴 사람은 의심하지 않는, '의인물용 용인무의'疑人勿用 用人無疑를 실천한 리더였다. 히딩크는 당시 월드컵 경기를 앞두고 축구 심리학 관련 책을 집중하여 읽었다고 한다. 박항서 코치의 말에 따르면, 유럽 전지훈련 때 히딩크의 가방 속에는 책만 잔뜩 들어 있었다고 할 정도이다.[69] 2005년 호주 사령탑을 맡은 뒤 호주팀 주장이 했다는 말은, 히딩크가 얼마나 선수들에게 존경을 받았는지 단적으로 보여준다. "히딩크 감독을 위해 목숨까지 건다!"

나를 낮추는 '서번트 리더십'

1953년 5월 29일 오진 11시, 영국 원정대의 에드먼드 힐러리

가 에베레스트 산 정상에 올라섰다. 알려진 한, 인류 역사상 최초였다. 그러나 사실 그보다 앞서서 에베레스트에 오른 사람이 있었으니, 바로 셰르파 텐징 노르가이다. 힐러리는 정상에 오르기 전 30분 동안이나 자신을 기다려준 텐징에게, 기회가 있을 때마다 '초등'初登의 영예를 돌렸다. 정상에 올랐을 때 산소통에는 30분 분량의 산소밖에 없었다. 힐러리는 텐징의 모습을 숨가쁘게 필름에 담았고, 정작 자신은 사진 찍히기를 사양했다. 이처럼 자신을 낮추는 리더십을 '서번트 리더십' servant leadership이라 한다.

서번트 리더십이 얼마나 중요한지는 그 반대 사례를 보면 알 수 있다. 미국 군인 더글러스 맥아더는 은근히 자신의 권위와 공을 내세우기 좋아했다. 그러나 그가 그렇게도 염원하던 대통령직은, 자신의 공을 부하에게 돌리기 좋아했던 그의 한참 후배 드와이트 아이젠하워에게 돌아갔다.

1970년 12월, 서독의 빌리 브란트 수상은 폴란드 바르샤바의 유대인 희생자 묘역에 비를 맞으며 꿇어앉았다. 그는 나치 독일의 씻을 수 없는 죄과를 인정하고 용서를 빌었다. 나치와 정면으로 투쟁했던 그가 나치를 대신해 무릎을 꿇음으로써, 냉전의 긴장 속에 굳게 닫혔던 동구권의 빗장이 비로소 열리게 된다.

인문학적 전문성은 기본이다

여러 가지 여건에 따라 필요한 리더십은 다 다르겠지만, 모든 리더십에 공통되게 적용되는 리더의 자질을 꼽는다면 전문 능력이다. 위수 강가에서 빈 낚싯대를 드리우며 세상으로 나아갈 날을 기다렸던 중국 주나라 강태공이 지은 『육서六書』를 보아도, '장군을 고르는 8가지 원칙'의 첫째로 '탁월한 전문 능력'을 꼽았다. 실력이 있어야 한다는 것이다. 아무리 용기가 있고, 몸을 낮춰 솔선수범하더라도, 실력이 없다면 어느 누구도 그 사람을 따르지 않을 것이다. 그렇다면 구체적으로 어떤 능력을 키워야 할까?

2006년 미국 《포천》지가 발표한 조사 결과는 시사하는 바가 크다. 《포천》지에 따르면, 미국 최고경영자의 76퍼센트가 인문학 전공자이고, 학부나 대학원에서 경영학을 전공한 사람은 3분의 1 정도에 불과했다.[70] 우리 선조들도 문사철文史哲로 이성을 닦고, 시서화詩書畵로 감성을 닦아야 참된 지도자가 될 수 있다고 믿었다.

"싸우지 않고 승리하는 법을 배워라"

기원전 6세기 중국 춘추시대 오(吳)나라 병법가 손무(孫武)가 지은 병법서 『손자병법』. 손자는 이 책에서 승리를 위한 네 가지 방법을 논했다. 첫째, 가장 좋은 승리는 상대방의 싸우려는 의도를 꺾어놓는 '벌모'(伐謀)를 통한 승리다. 자기 분야에서 상대방도 인정할 만한 실력을 갖춰야 가능하다. 둘째, 벌모보다 조금 떨어지는 방법이, 상대방을 도울 만한 주변 사람들을 내 편으로 만드는 '벌교'(伐交)이다. 그러려면 상대방이 납득할 만한 떳떳한 명분이 있어야 한다. 셋째, 좋지 않는 방법으로 상대방과 직접 물리적으로 충돌하여 결판을 내는 '벌병'(伐兵)이다. 이겨도 희생이 따르고, 그 희생을 치유하려면 많은 시간과 노력이 든다. 넷째 가장 좋지 못한 방법은 싸우려는 의도 없이 성 안에 웅크리고 있는 적에게 가서 싸우자고 덤비는 '공성'(攻城)이다. 이렇게 해서 이기려면 몇 배의 힘이 들고 희생이 뒤따르며, 상대를 분기탱천하게 만들어 오히려 상대에게 지기 쉽다. 손자는 물리적 충돌 없이 이기는 '부전이승'(不戰而勝)을 진정한 승리라고 했다. 상대방을 짓밟고 이기는 것은 복수를 부르므로, 감싸 안으면서 목적을 달성하는 것이 현명하다는 것이다.

손자의 전쟁관은 무(武)의 군사 이론도 통치자의 윤리적 정통성, 덕(德)을 중시하는 문(文)의 담론으로 다듬어져야 한다는 동양의 지혜를 반영한다. 반전(反戰)사상을 담은 손자의 그런 주장 때문에, 노르웨이의 평화학자로서 평화학(Peace Studies)의 창시자이기도 한 요한 갈퉁은 손자를 '평화학의 창시자'라고 꼽았다.

협력 없이는 승리도 없다

'농구 황제', '미국 프로농구의 살아 있는 전설', '흥행 보증수표', '20세기 농구의 완성품', '정점의 사나이'……. 마이클 조던이 1999년 1월 서른여섯 살의 나이로 은퇴하자 전문가들은 미국 NBA의 쇠락을 걱정했다. 2000년 은퇴했던 조던이 워싱턴 위저즈의 공동 구단주로 경영에 참여했다가, 2001년 이 팀의 현역 선수로 복귀했다. 조던은 역시 탁월했지만, 약체 위저즈는 8연패의 수렁에 빠졌다. 그러다가 갑자기 위저즈가 승승장구하여, 1978년 이후 23년 만에 9연승을 기록했다. 대체 위저즈에 무슨 일이 일어난 것일까?

농구 황제와 만년 하위팀의 만남

마이클 조던이 누구인가. 1991년을 기점으로 내리 세 차례, 다시 1996년부터 내리 세 차례, 모두 합쳐 여섯 차례나 소속팀 시카고 불스를 NBA 정상에 올려놓고, 다섯 차례나 최우수선수로 뽑힌 미 프로농구사상 최고의 선수이다. 역대 정규 리그 경기당 평균 득점 31.5점과 플레이오프전 33.4점이라는 경이적인 득점 기록은 그 명성의 일부일 뿐이다. 조던은 완벽하게 균형 잡힌 몸에서 터져나오는 폭발적인 탄력을 이용, 공중으로 뛰어올라 허공에 뜬 채 두 번 몸동작을 바꾸는 트리플 클러치[3중 점프]나, 자유투 위치에서 뛰어올라 전광석화 같은 속도로 예술 같은 덩크슛을 터뜨려 팬들을 사로잡았다. 미국 상원이 그의 위대성을 기리고자 조던의 등 번호를 딴 결의안 '넘버 23'을 채택했을 정도이다.[71]

이런 선수가 위저즈에 복귀한다고 했을 때, 사람들은 아무리 조던이라고 해도 위저즈 같은 만년 하위팀에서 제대로 실력을 발휘할 수 있을까 우려했다.

몸을 낮추어 팀을 살리다

하지만 역시 황제는 황제였다. 위저즈 선수로 복귀한 조던은, 시즌 초반 게임당 최고 44점을 득점하는 등 전성기를 방불케 하는 기량을 선보였다. 그러나 단 한 명의 '마법사'[위저즈wizards]가 팀 전체를 바꾸는 것은 무리였다. 조던의 개인기에만 의존한 위저즈는 8연패의 수렁에 빠졌다. 황제의 진면목이 나타난 것은 이때였다.

조던은 자신이 아무리 잘해도, 다섯 명이 하는 경기를 승리

로 이끌 수 없음을 절감했다. 그리고 황제의 자리에서 내려와 패배감에 젖은 위저즈 동료들에게 '우리도 이길 수 있다'는 자신감을 불어넣기 시작했다. 조던의 '백의종군' 정신은 실전에서도 유감없이 발휘됐다. 그는 현란한 개인기를 내세우기보다 기량과 경험 면에서 자기보다 못한 나이 어린 동료들에게 적극적으로 슛 기회를 만들어주었다.

결국 팀워크, 곧 선수 간 협력 체제를 갖춘 위저즈 팀은 승승장구하여 9연승을 기록했다. 1978년 이후 23년 만이었다. 미국인들이 복귀 뒤 한층 더 성숙해진 조던에게 갈채를 보냈음은 물론이다. 단체게임에서 독불장군은 필요없다. 조던 같은 농구 황제도 동료 선수들과 협동하지 않고는 빛을 발할 수 없다는 평범한 진리가 입증되는 순간이었다.

크루터가 있어 박찬호가 있었다

단체게임의 승패를 좌우하는 것은 개인의 기량이 아니라, 전체 선수들 간의 협력과 조화이다. 농구만 그런 것은 아니다. 흔히 야구를 '투수 놀음'이라 할 만큼, 야구에서 투수의 존재는 중요하다. 그래서 일부 정치가들이 농담 삼아 "야구가 발전한 나라는 대체로 독재국가나 전체주의 성향이 농후하다."고 말할 정도이다. 그러나 그런 뛰어난 투수 뒤에는 눈에 보이지 않게 그를 도와주는 다른 선수가 있게 마련이다.

'코리안 특급' 박찬호 선수가 LA 다저스 시절 환상적인 투구를 선보일 때, 전문가들은 그 비결 중 하나로 박찬호의 전담 포수 채드 크루터를 꼽았다. 박찬호는 자기보다 열 살 정도 나이가 많고, 경험도 풍부한 채드 크루터를 두고 이렇게 말했다. "볼카운트가 몰리면 나는 무조건 직구를 던져야 한다고 생각했는데, 크루터는 변화구를 요구했다. 크루터의 요구대로 따라하다 보니 변화구로도 스트라이크를 잡을 수 있다는 자신감이 생겼다."[72]

경쟁의 출발은 협력이다

경쟁과 협력을 반대되는 개념으로 보기 쉽지만, 경쟁의 기본 전제를 생각한다면 경쟁과 협력이 한 몸임을 알 수 있다. 곧, 경쟁이란 같은 목적을 갖는다는 것이다. 생각해보라. 우리는 모두 이기려고, 잘하려고 경쟁하지 않는가. 그렇기 때문에 경쟁의 효과나 효율성이란 말도 나올 수 있는 것이다. 그러나 '같은 목적'을 위해 경쟁한다는 사실을 잊게 되면, 이 목적을 달성하는 데 꼭 필요한 도움을 얻을 수 없다. 마이클 조던이 뛰어난 것은, 경쟁이 '같은 목적을 향해 달린다'는 합의와 협동을 전제한다는 사실을 늦게나마 깨닫고 실천했다는 것이다.

합한다고 반드시 커지지는 않는다

2+2=5는 '시너지 효과'이다.

그렇다면 2+2=3이 되는 것은?

링겔만의 '역시너지' 실험

19세기 독일의 심리학자 막스 링겔만이 1882~1887년까지 협력의 효과를 주제로 일련의 실험을 했다. 실험 결과, 두 사람이 협력할 때 둘의 힘의 합계 중 93퍼센트가 발휘되고, 세 사람이 협력했을 때에는 85퍼센트, 여덟 사람일 경우에는 여덟 사람의 힘을 합한 수치의 49퍼센트만 발휘된다는 사실을 발견했다. 즉, 1+1=2가 아니라 1.5이거나, 2+2=3의 결과를 나타낸다는 것이다. 이른바 '시너지 효과'效力의 반대인 '역시너지 효과'가 나타난 셈이다.

이처럼 여럿이 협력하는 상황에서 개인의 노력이 느슨해지는 노력 감소 현상을 '링겔만 효과'Ringelmann effect 또는 '사회적 태만'social loafing, social slacking이라고 한다. 이는 혼자서보다 여럿이 협력할 때 사회적으로 더 나은 결과를 초래한다는 '사회적 공동노력'social striving과 반대되는 개념이다.

협력의 적은 태만이다

링겔만 효과는 협력이 가져올 수 있는 '부작용'을 잘 보여준다. 이런 부작용은 우리 주변에서도 흔히 볼 수 있다. 이어달리기, 박수 치기, 고함지르기, 브레인스토밍……. 이를 이름 붙인다면 '사회적 태만'이라 할 만하다.

사회적 태만이 일어나는 가장 큰 이유는 '책임 분산'diffusion of responsibility이다. 각 개인의 행동과 성과가 일일이 확인 또는 점검되지 않는 상황에서는, 개인이 져야 할 책임도 그만큼 줄어든다. 이런 책임 분산이 사람들을 느슨해지도록 유도하는 것이다.

둘째 이유로는, 각 구성원이 전체의 목표에 기여할 기회와 그런 느낌을 공유하지 못한다는 점이다. 한 마디로, 자신의 역량을 최대한 쏟을 동기가 없는 것이다.

타인의 성과에 기대는 무임승차 효과

사회적 태만과 유사한 개념이 '무임승차 효과'free-rider effect이다. 다른 동료의 성과나 실적이 조직 전체의 성공을 보장하는 경우, 상대적으로 성과나 실적이 떨어지는 구성원이 노력하지 않고 동료의 노력에 편승하여 이득을 보려는 효과이다. 학술지에 발표된 논문이나 공들여 작성된 보고서에 별로 기여하지 않고 이름을 올리는 경우가 이에 해당한다.

무임승차 효과는 원래 노동조합이 사용자 측과 교섭하여 임금 인상 등의 성과를 냈을 때, 노조 회비를 낸 조합원의 노력으로 회비도 안 낸 비조합원까지 이득을 얻는다고 하여 붙여진 이름이다. 이 밖에 도로·교통·국방·교육 등 소비자가 소비행위에 대가를 지불하지 않더라도 소비를 배제할 수 없는 '비배제성'의 성격을 지닌 공공재public goods도 이 효과와 연관지어 말한다.

일할 의욕 빼앗는 '봉 효과'

일부 유능한 사람이 무임승차하려는 다른 구성원 몫까지 떠안고 전체의 목표를 달성했을 때, 이 유능한 사람은 자신이 '봉' 노릇을 한다고 느낄 것이다. 세상에 봉 노릇을 좋아할 사람은 없으므로, 결국 이 사람은 노력할 동기를 잃고 노력하지 않게 된다. 이러한 효과를 '봉 효과'sucker effect라고 한다. 사회적 태만, 무임승차, 봉 효과는 모두 협력의 긍정적 효과를 훼손하거나 협력으로 이뤄내는 집단 성과를 훼손하는 부정적 개념들이다.[73]

줄다리기의 관건은 사람 수가 아니다

줄다리기를 할 때 항상 사람 수가 많은 쪽이 이기는 것은 아니듯, 매사에 협력이 능사는 아니다. 오히려 사람 수가 늘어날수록 줄다리기에 참가한 사람 각자가 발휘하는 평균적 힘은 극적으로 떨어진다.

이처럼 협력을 잘 조직하지 못하면 태만과 무기력 등 도덕적 해이가 나타나서, 원래 기대했던 효율성과 시너지 효과는 커녕 오히려 전체 구성원들에게 나쁜 영향만 주게 된다. 도덕적 해이는 '동기 감퇴'motivation loss로 이어져, 구성원들이 전체의 목표를 달성하는 데 최선의 노력을 기울이지 않게 되고, 조직의 연대성과 통합성도 떨어지게 된다. 이때 부패하고 무능한 관리자가 나서서 구성원에게 협력을 강요한다면, 더 큰 도덕적 해이가 조장되고 협력의 효율은 더 떨어지게 된다. 그렇게 되면 그 조직은 발전의 동력을 잃고 정체하거나 하향 평준화된다. 방법은 하나뿐이다. 협력에 참가하는 개인의 기여도를 공정하게 확정하는 것이다.

30 | 공유지의 비극

경쟁을 최적에 맞추라

옛날 영국의 마을에는 양을 공동으로 방목할 수 있는 공동 목초지가 있었다. 그런데 주민들이 너도나도 많은 양을 풀어놓는 바람에 공유지가 황폐화되어 양들이 모두 죽고 말았다. 공유지라는 것은 애초에 불가능한 개념일까?

공동체 유지하려면 공적 통제가 필요하다

이는 미국의 저명한 사회생태학자 개렛 하딘이 「공유지의 비극」이란 유명한 논문에서 소개한 내용의 일부이다. 하딘의 이 이야기는 공동체 유지에는 사적 자치만으로 안 되고, 사적 결정에 따르는 본래적 책임을 수용하도록 '공적 통제'가 필요하다는 논리로 널리 인용돼왔다.[74] 공적 통제란 오늘날 자주 쓰이는 '공공개입'의 다른 말이다. 자연 상태는 만인에 의한 만인의 투쟁을 불러일으킨다는 17세기 영국 철학자 토머스 홉스의 논리가 현대적 논리로 재현된 것이다.

'최대 다수의 최대 행복' 뒤에는 경쟁이 숨어 있다

본래 사회의 가치와 자원은 한정돼 있다.^{가치와 자원의 한정성} 반면 사회 구성원의 이기적인 욕구와 기대는 한정이 없다.^{욕구와 기대의 무한성} 바로 이 지점에서 사람들의 경쟁이 일어난다. 경쟁은 개인의 창의성과 노력을 유발하고, 사회적 가치와 자원을 효율적으로 배분하는 데 기여한다. 그래서 경쟁이 '사람들에게서 최선을 끌어내는 우월한 수단'이라는 주장이 보편적 믿음과 승인을 얻게 되었다.

이를 철학적으로 정당화한 사상이 공리주의다. 18~19세기 영국 철학자 제러미 벤담을 필두로 하는 공리주의자들은 가치 판단의 기준을 행위의 결과에 두고, 선·이익·행복을 극대화하는 행위의 결과가 가장 바람직하다고 보는 '효용 극대화의 결과론'을 주장했다. 더 많은 수의 사람들이 바라는 실질적 목적을 만족시키는 것, 즉 최대 다수의 최대 행복이라는 원칙이 등장한 것이다.[75]

사회진화론과 사회생물학

19세기 영국 박물학자 찰스 다윈이 『종의 기원』에서, 자연의 모든 생물은 생존경쟁을 벌여 적합한 것만 살아남고 그렇지 못한 것은 도태된다는 적자생존의 진화론을 주창한 뒤, 진화론을 사회에 적용한 영국 철학자 허버트 스펜서의 '사회진화론'Social Evolutionism · Social Darwinism과 미국 생물학자 에드워드 윌슨의 '사회생물학'Social Biology이 등장했다. 이 이론은 모두 철학적으로 경쟁의 정당성을 옹호하는 역할을 했다.

경쟁과 '파레토 효율성'

경제학에서는 경쟁을 통한 자원의 최적 배분을 '파레토 효율성'Pareto efficiency 개념으로 설명한다. 다른 사람의 이익을 감소시키지 않고서는 어느 한 사람의 이익을 증가시키는 것이 불가능할 정도로 자원이 효율적으로 배분된 최적의 상태를 '파레토 최적'Pareto optimality이라 하고, 이런 최고의 효율을 달성할 수 있는 상태를 '파레토 효율성'이라 한다.

이때 자원의 배분 방향을 변경함으로써 다른 사람에게 조금도 해를 끼치지 않고 어떤 특정 사람집단의 이익이 증가한다면, 그것은 지금까지 자원이 최적 상태로 사용되지 않고 낭비가 있었음을 뜻한다. 이는 곧 파레토 최적이나 효율의 여지가 아직 남아 있어서 더 개선할 수 있는 상태, 즉 '파레토 개선'Pareto improvement이 가능한 상태라고 할 수 있으며,[76] 그러한 개선은 바로 경쟁으로 이루어진다.

경쟁과 '보이지 않는 손'

근대 경제학의 아버지 애덤 스미스는 『국부론』에서 자원을 효율적으로 배분하고, 이를 공평히 분배하려면 '시장기제'market mechanism의 자율에 맡겨야 한다고 자유경쟁을 주장했다. 여기서 시장기제란 이른바 시장을 자동적으로 조절하는 '보이지 않는 손'으로, 개인이 자기 이익을 최대한 추구하는 것이 사회이익을 증진시키려고 노력할 때보다 더 효율적으로 사회의 이익을 증진시키게 된다고 했다.[77]

그 후 대부분의 자유주의 경제학자들이 시장기제의 우월성과 자율성을 신봉하고, 자유경쟁으로 파레토 효율성을 달성하는 자원 배분을 옹호하는 시장경제체제 중심의 정치경제학 이론을 주장했다. 1998년 노벨경제학상을 받은 인도 출신 영국 경제철학자 아마르티야 센은 사회주의체제가 실패한 가장 직접적이고 중요한 이유는 경제적인 비효율성이 아닌 '자유의 부정'이라고 했는데,[78] 여기서 자유의 부정이란 곧 '경쟁의 부정'이다.

라이벌리가 아니라 컴피티션하라

그러나 공정한 규칙과 보완책 없는 무한경쟁은 약육강식과 약자의 희생이라는 비인간적·비윤리적 결과를 초래한다. 오늘날 양극화의 문제점으로 종종 거론되는 위화감이란 다른 게 아니다. 조화롭게 통합되지 못한다는 것이다.

또 선의에 기반한 정정당당한 경쟁만 있는 것도 아니다. 그래서 상대를 해쳐서라도 반드시 이기려는 의도를 담은 적대적 경쟁 혹은 대항 경쟁을 '라이벌리'rivalry라고 하여, 일반적인 '컴피티션'competition과 구별하는 사람도 있다. 물론 이런 구분의 의도는, 파괴적인 무한경쟁의 위험성을 경고하는 데 있다.

경쟁 부추기는 '문어론'과 '메기론'

그렇다면 개인과 전체에게 모두 득이 되는 경쟁이란 어떤 것일까?

어느 일류 의류업체에서 디자이너들에게 좋은 제품을 디자인하게 독려할 뿐 개인별 제품 매출은 따지지 않고, 보수도 연공 서열제로 지급했다. 그런데 디자이너별로 이익 기여도를 조사해보니 1등과 꼴찌의 격차가 480배나 됐다. 그래서 1998년 개인별로 디자인한 제품의 매출과 재고 비율을 조사하여 각 부서와 디자이너들에게 매월 통보하고, 성과에 따른 보상제를 실시하는 시스템으로 바꾸자, 디자이너들이 자발적으로 매장을 방문하여 어떤 옷이 잘 팔리는지 확인하고 손님들의 취향과 의견을 듣고서 이를 제품 디자인에 반영하는 변화가 일어났다. 매출이 증가한 것은 물론이다.

이 회사는 경쟁 기제를 도입하여 매출 증가라는 기대했던 결과를 얻었다. 그러나 이처럼 강한 경쟁기제를 도입하고 거기서 멈추면 그야말로 저급한 경쟁만 판치게 된다. 이는 미꾸라지 양어장에 메기를 넣어두면, 미꾸라지들이 잡아먹히지 않으려고 더 싱싱해진다는 저급한 '메기론'과 다를 바 없다. 흔히 각 부서에 특별 영입한 소수 인재를 배치하여 임직원의 능력 개발과 조직 활성화를 도모하는 인재 영입 정책을 메기론으로 설명한다. 또 비행기로 공수하는 관상용 열대어 수족관 속에 문어 한 마리를 넣어두면, 비행기가 착륙할 때까지 열대어가 모두 살아 있다는 '문어론'으로 무한경쟁을 정당화하기도 한다. 그러나 이는 엄밀히 말해 적절한 비유가 아니다. 사람은 메기나 문어가 아니기 때문이다.

| 경쟁은 양날의 칼이다 |

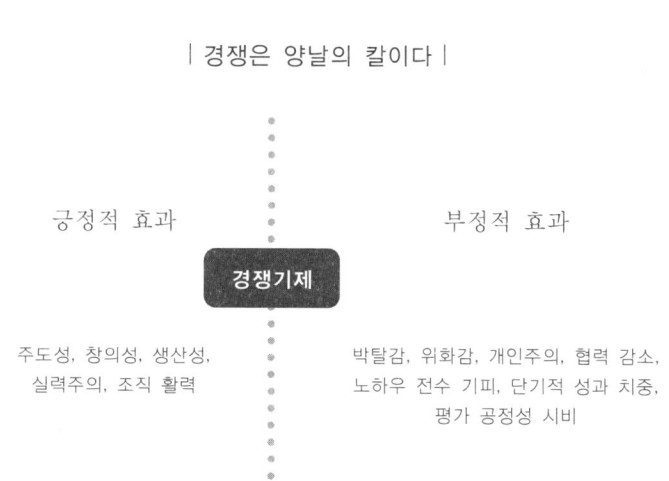

긍정적 효과

경쟁기제

주도성, 창의성, 생산성,
실력주의, 조직 활력

부정적 효과

박탈감, 위화감, 개인주의, 협력 감소,
노하우 전수 기피, 단기적 성과 치중,
평가 공정성 시비

공유하면 더 커진다

세계 경제와 문화의 중심지 뉴욕 맨해튼에 가면, 슈퍼마켓과 패스트푸드점의 중간 개념이라 할 테이크아웃 전문 편의점인 '델리'가 많이 눈에 띈다. 델리는 바쁜 뉴요커들에게 아침에 갓 구워낸 베이글과 머핀, 토스트, 신선한 과일과 샐러드, 향긋한 커피, 신문과 잡지, 과자와 샌드위치, 꽃, 복권을 판다. 점심때가 되면 델리는 닭고기, 볶음밥, 수프, 커틀릿, 스시, 스파게티, 과일, 샐러드 등 각종 요리가 뷔페식으로 진열되는 샐러드바로 변한다. 보통 12달러 이상의 식당 런치 메뉴보다 4~5달러나 싸기 때문에, 많은 뉴욕인들이 델리를 애용한다. 그런데 맨해튼 델리의 90퍼센트 이상을 한인이 장악하고 있다는 사실을 아는 사람은 드물다. 한국 사람들이 맨해튼 델리를 장악할 수 있었던 원동력은 무엇일까?

한인 델리 성공의 원동력은 '연락망'

우선은, 기존에 식품점을 하던 한인들이 사업 가능성을 판단하고 먼저 시장에 진출한 성과이다. 1980년대 뉴욕에 도시개발 붐이 일어 길거리로 상인들이 내몰리고 범죄가 넘칠 때, 한인들은 위험을 무릅쓰고 구멍가게 수준의 델리를 열기 시작했다. 그리고 성실함과 부지런함으로 오늘날에 이르렀다. 당시 한인들에게 큰 힘이 되어준 것이 한인 사이의 '연락망'이었다. 그들은 서로 연락망을 구축하여, 한곳이 위험에 처하면 다른 델리의 한인 주인들이 구하러 오는 협력 방식으로 델리를 지키고 키웠다.[79] 즉, 협력을 전제한 경쟁으로 오늘날 맨해튼의 명물이 된 것이다.

백화점 매장 구성에도 경쟁과 협력의 원리

뉴욕의 한인 델리가 거둔 성공은, 경쟁과 협력이 잘 조화를 이룬 게임 시스템의 좋은 모델이다. 우리 주변에서도 경쟁과 협력이 공존하는 모델은 얼마든지 찾아볼 수 있다. 예컨대 백화점이나 대형 상가, 쇼핑몰 안에 있는 수많은 상점들은 서로 경쟁만 하는 것 같지만, 자세히 살펴보면 나름의 협력 구조를 갖추고 있다. 식당가, 식품 매장, 극장, 문화센터, 공연장 등은 손님을 모으는 고객 집객集客 효과가 높다. 백화점 등은 식품 매장과 스낵바를 지하에 두어 손님을 끌어모은 뒤, 이들을 분수처럼 위층으로 올라가도록 유인하는 전략을 쓴다. 이른바 '분수 효과'fountain effect이다.

그런가 하면 극장, 전문 식당, 문화센터는 맨 위층에 두어, 손님을 위층까지 유인한 뒤 샤워 물줄기처럼 아래층으로 내려가며 구매하도록 유도하는 전략도 쓰는데, 이를 '샤워 효과'shower effect라 한다. 분수 효과나 샤워 효과 모두 경쟁 관계 안에 협력을 전제한 것이다. 이 밖에 동일 업종 가게들이 끼리끼리 모여 있는 것도, 경쟁보다는 사람들에게 상권 인지도를 높여 손님을 끌려는 협력의 측면이 더 강하다.

정보와 지식을 나누는 맥킨지의 '지식경영'

이러한 경쟁-협력 모델이 하나의 조직 안에서 잘 구현된 예로 세계적 컨설팅업체인 맥킨지 사를 들 수 있다. 맥킨지의 컨설턴트들은 실적을 올리지 못하면 도태되는 살벌한 경쟁기제 속에 생활한다. 심지어 위에서 내려온 지시를 그대로 따르지 않고 맞서 싸우는 능력을 높이 평가한다. 지시를 따랐다가 나중에 일이 잘못되면 '왜 그때 반론을 제기하지 않았느냐'는 책임이 제기된다. 맥킨지의 직원 평가서에는 '합의하지 않을 의무' 항목이 있는데, 이는 상사가 틀렸을 때 얼마나 잘 싸웠는지를 평가하는 항목이다. 물론 감정이 아니라 논리와 근거로 싸워야 한다.

그런데 역설적이게도 맥킨지는 컨설턴트들 간 팀워크, 곧 협동으로 유명하다. 맥킨지에는 전세계 60여 개 지역 사무소에 근무하는 600명 이상의 전문가들을 중심으로 한 '지식 네트워크'가 구축돼 있다. 전문적으로 지식 생성과 전달에 치중하는 전문가 외에, 지식 리더까지 포함하면 이 네트워크로 연결된 전문가 수는 3천여 명에 이른다. 이들 사이에는 아무리 바빠도 동료의 요구에 응해야 한다는 불문율이 있다. 자료를 구해주는 것부터 회의에 참석하는 것까지 동료의 요구를 들어주어야 한다. 정보와 지식을 나누는 '지식경영'KM : Knowledge Management에 참여하고 협력하는 것이다.[80]

많이 도울수록 성공한다

맥킨지의 어떤 팀이 하나의 프로젝트를 시작하면, 가장 먼저 시작하는 일이 과거 맥킨지가 수행한 비슷한 프로젝트 중에서 가장 잘된 모범 사례를 찾는 일이다. 'PDs'Practice Development Documents라고 불리는 사례 모음은 비슷한 사례 중에서 문제 해결 방법과 힌트를 찾을 수 있는 '지혜의 샘' 역할을 해준다.

비슷한 사례를 찾을 수 없을 때에는, 사내 전문가 목록을 참고한다. '빨간책'으로 통하는 이 책자와 전 세계 맥킨지의 모든 프로젝트 개요가 정리된 데이터베이스를 이용해 원하는 분야의 사내 전문가를 찾은 다음에는 전화나 화상으로 회의를 한다. 한국의 팀원이 질문하면, 미국의 전문가가 자신의 경험을 설명하는 방식이다. 이로써 책이나 파일로는 얻을 수 없는 전문가의 통찰력과 노하우까지 전수받는다. 필요한 정보와 자료를 지역 사무소의 조사정보팀이나 글로벌 지식센터에 의뢰하여 얻을 수도 있다.

이런 전방위 협력이 가능한 것은, 자신의 지식을 전달하여 다른 사무소의 프로젝트가 성공하면 그것이 곧 내가 소속된 맥킨지 전체 수익에 기여한다는, '전세계 맥킨지는 하나'One-firm Policy라는 인식 덕분이다. 많이 '호출'되는 전문가들은 그만큼 사내에서 평판과 인정을 얻게 되고, 이는 유리한 인사 평점으로 연결된다. 그래서 가장 많이 호출받는 전문가가 되는 것이 맥킨지 내 모든 컨설턴트의 꿈이다. 경쟁 속에 협력 기제를 절묘하게 적용한 예라 할 수 있다.

경쟁과 협력의 혼합 시스템

문제는 이러한 '경쟁-협력의 혼합 시스템'co-opetition mechanism을 어떻게 정착시키느냐이다. 어쩌면 그 답은 너무나 단순하다. 경쟁이 너무 치열한 영역에는 배려와 협력이라는 중화제를 투여하고, 사회적 태만을 초래할 정도로 협력의 기제가 과잉 작동하는 곳에는 경쟁기제를 도입하는 것이다. 이때 집단주의 문화가 개인주의 문화보다, 여성이 남성보다 협력에 능하다는 식의 사회적·문화적·개인적 차이를 고려해야 한다. 다만 어느 사회나 집단에서든 반드시 지켜야 할 원칙이 있는

데, 바로 공정성이다. 경쟁과 협력을 공정하게 조직하는 것이
야말로 게임 시스템 구성의 관건인 것이다.

 부자들의 현명한 작전

2003년 5월 《뉴욕타임스》에 실린 광고 하나가 세상의 이목을 집중시켰다.
상속세 폐지 법안을 취소하라는 내용의 이 광고는 미국의 성골 갑부들의 모
임인 '책임지는 부자'(RW: Responsible Wealth) 단체가 게재한 것이었다.
이 단체는 상속세뿐 아니라, 주식배당소득세 폐지 반대, 공평 과세, 근로자
최저임금 인상, 대기업의 사회적 책임 확대, 최고경영자(CEO)의 연봉과 혜
택 축소 등의 목표를 천명하고 이를 실현하고자 노력한다. 얼핏 보면 무슨 진
보 단체의 구호처럼 보인다.

빌 게이츠 아버지, 록펠러 증손자, 전설적 투자가 워런 버핏, 헤지펀드 대부
조지 소로스, CNN 창업자 테드 터너 등과 같이, 연봉이 미국 소득 상위 5퍼
센트 이내에 들어야 가입되는 갑부 중의 갑부 모임은 왜 이런 바보 같은 짓
을 할까?

이 단체는 '부자가 욕심내면 자본주의와 민주주의가 망한다'는 신념을 갖고 있
다. 자신들이 내건 목표가 장기적으로 부자와 자본주의를 지키는 현명한 작전
임을 잘 알고 있는 것이다. 또 1919년 사망할 때까지 코넬대학과 각종 사회
단체에 아낌없이 기부하고, 도서관 3천 개 설립, 8천 대 오르간 기증 등 전
재산을 사회에 환원했던 미국 철강왕 앤드루 카네기가 "상속은 자식들의 재능
과 에너지를 망치게 하는 것이다. 저 세상으로 돈을 가지고 간다는 것은 부끄
러운 일이다."라고 갈파한 것처럼, 상속은 자녀들을 위해서도 별로 현명하지
못한 일임을 알기 때문이다.

100퍼센트 공정한 게임은 없다

육상 트랙경기에서 선수는 '시계 반대 방향'으로 트랙을 돌아야 한다. 국제육상연맹은 1913년부터 '트랙경기는 왼손이 안쪽으로 향하게 달려야 한다.'고 규정했다. 여기에는 심장이 인체의 왼쪽에 있기 때문에 심장에 부담을 덜 준다는 이유도 있지만, 세계 인구의 약 70퍼센트를 차지하는 오른손잡이 선수의 생리적 특성에 맞는 방향이라는 견해가 일반적이다. 그렇다면 시계 반대 방향으로 돌아야 한다는 규정은 왼손잡이 선수에게 불리한, 불공정한 규정이 아닐까?

오른손잡이에 유리한 육상 규정
이 규정이 없을 때에는, 1896년 제1회 아테네올림픽 때처럼 개최국의 규정이나 관습에 따라 시계 방향으로 도는 사례도 많았다고 한다. 그런데 시계 방향으로 돌고난 뒤 선수들이 많이 항의하자, 결국 트랙을 도는 방향을 명문화한 것이다.

인체역학 연구에 따르면, 트랙의 곡선 주로를 달릴 때에는 곡선 안쪽으로 몸을 기울여 안쪽 팔다리는 작게, 바깥쪽 팔다리는 크게 움직여야 유리하다고 한다. 그런데 오른손잡이는 오른쪽 팔다리가 발달하므로, 시계 반대 방향으로 돌 때 안정감을 느끼고 속도를 높일 수 있다는 것이다. 한 마디로, 트랙 경기의 시계 반대 방향 규정은 오른손잡이 선수들에게 유리한 규정이다.

불가피한 '불공정' 규칙

시계 반대 방향 규정은 육상뿐만 아니라, 빙상·사이클·야구 경기에 모두 적용된다. 그렇다면 이 경기를 하는 왼손잡이 선수는 모두 불리한 조건을 감수하는 셈이다. 그렇다면 오른손잡이와 왼손잡이를 각기 다른 방향으로 돌게 하면 공정해지지 않을까? 그러나 게임의 원칙과 조건은 한 가지로 통일되어 적용돼야 하므로, 각기 다른 방향으로 도는 것은 현실적으로 시행하기 어렵다. 결국 시계 반대 방향 돌기는 다른 좋은 대안이 나오기 전까지는 불가피하게 적용해야 하는 '불공정한' 게임 규칙이라 할 수 있다.

이는 100퍼센트 공정한 게임 시스템을 만드는 것이 얼마나 어려운 일인지 잘 보여주는 사례이다.

봄에 태어난 선수가 유리하다?

1983년 1월 어느 날 저녁, 미국의 심리학자 반슬리 부부^{Roger} and Paula Barnsley는 아이스하키 경기를 보러 갔다. 경기가 따분하게 이어지자, 반슬리 부인은 경기 소개 팸플릿을 들여다보았다. 그런데 선수들의 생년월일이 1월부터 4월 사이에 집중돼 있는 것이 아닌가! 부부는 이 기막힌 우연의 일치에 흥미를 느껴 즉시 문헌 조사를 시작했다. 그 결과 나온 것이 '상대연령 효과'the relative age effect이다.

아이스하키 게임의 참가 자격은 마감일인 1월 1일 기준으로 만 6세를 넘어야 한다. 그러다 보니 같은 6세 아동이라 해도, 1월 출생자는 12월 출생자보다 사회적·정서적·육체적으로 더 성숙한 '상대연령 우위'relative age advantage를 지니게 된다. 그래서 같은 연령 내에서 더 성숙한 아동이 더 두각을 나타내는 결과를 가져오는 것이다. 문제는 이 효과가 장기간 지속되는가, 또 다른 종목에서도 동일하게 적용되는가이다. 그런데 답은 "그렇다"이다.

불공정한 '상대연령 효과'

상대연령 효과는 20세 이하 세계 청소년 축구대회 선수들에게도 동일하게 나타났다. 미국에서 축구 경기는 8월에 본격 시작된다. 그래서 8월을 기준으로 상대 연령 효과를 판별해보았는데, 과연 출생월이 8월에 가까운 선수의 비율이 높았다. 즉, 전체 선수 중 8~10월생이 50퍼센트 가깝게 차지하고, 11월~이듬해 1월생이 30퍼센트, 2~4월생은 10퍼센트, 5~7월생은 10퍼센트 미만이었다. 이 상대 연령 효과는 야구 선수의 출생 기록에서도 확인되었다.

결국 어떤 스포츠에서 누가 잘하고 못 하는지는 연령별로 구분하는 기준일cutoff date에 따라 크게 달라질 수 있다는 사실이 밝혀졌다. 이는 통상 연령별로 구분하는 게임 규칙이, 상대연령 우위자는 타고난 재능을 더 많이 개발하게 하고, 반대로 상대연령 열위자는 그만큼 불리하게 하는 불공정한 규칙임을 말해준다.[81]

여덟 살에 입학시키기

상대연령 효과는 스포츠 게임에서만 나타나는 것이 아니다. 최근 엄마들이 아이를 만 6세에 초등학교에 입학시키지 않고, 일부러 한 해 늦게 입학시키는 것도 이 상대연령 효과 때문이다. 3월 1일을 기준으로 그 전 1년 기간에 출생한 아동을 초등학교 입학 대상으로 삼는다면, 심하면 월령이 거의 1년 가까이 차이나기 때문에 학습 능력에서도 차이를 보일 수밖에 없다.

이렇게 되자 정부는 2006년 5월, 2008학년도부터 취학 기준

일을 3월 1일에서 1월 1일로 바꾸고, 학부모가 취학 유예 신청 등 번잡한 절차 없이 자녀의 초등학교 취학 시기를 7~9세 만 5~7세 가운데서 선택하여 보낼 수 있게 하는 방안을 확정해 발표했다.[82]

하지만 기준일을 1월 1일로 바꾼다고 해서 상대연령 효과가 없어질 리 없다. 다만 이 조치는 취학 기준 연령을 단년도로 획일화하지 않고 다년도로 넓혀준 데 그 의미가 있다.

무엇이 공정한가?

이처럼 게임 시스템의 공정성을 확보하는 문제는 중요한 만큼 쉽지 않은 일이다. 각 분야에서 공정성 시비가 끊이지 않는 것도 이처럼 공정성과 정의의 문제가 가치관과 이념, 관점에 따라 얼마든지 달라질 수 있기 때문이다.

가령 대학입시에서 모든 고교에 내신 등급을 똑같이 적용하고 그 반영 비율을 높이는 것이 공정한가, 아니면 고교 간 학력 격차를 고려하여 내신 비중을 낮추는 것이 공정한가? 쉽게 답하기 어려운 문제이다. 구성원들의 이해관계와 가치관이 얽혀 있기 때문이다. 어쩌면 모든 사회 구성원이 100퍼센트 만족하는 공정한 게임 시스템을 구현한다는 것은 불가능할지도 모른다. 그러나 그럼에도 반드시 지켜야 할 원칙은 있다.

평등한 기회를 주라

첫째, 기회의 평등이다. 이를 달리기 경주로 치면, 같은 출발점에서 최대한 같은 조건에서 출발하는 것이다. 그렇게 되면 골인 지점에서 순위가 달라졌다고 하여 불공평하다고 말하는 사람은 없을 것이다. 미국과 영국에서는 경제적으로 어려운 사람에게 동등한 출발의 기회를 주고자, 취학 전 교육 서비스를 제공하는 '헤드 스타트'Head Start 제도나 '확실한 출발'Sure Start 제도를 실시한다. 이러한 실질적 기회 균등이 보장되어야 공정한 게임이라고 할 수 있다.

미국의 존 F. 케네디 대통령이 도입한 '긍정적 조치'Affirmative Action도 같은 차원의 제도라 할 수 있다. 흑인과 여성 등 사회적 소수자 혹은 약자를 우대하고 보호하는 것은, 같은 조건에서 경쟁할 수 있도록 평등한 기회를 제공하는 것이다. 오늘날 우리나라를 포함한 많은 나라에서 여성과 장애인 등 사회적 약자에게 좀 더 많은 기회를 부여하고, 더 나아가 대학 입시나 채용 때 일정 수의 사회적 약자를 할당해 뽑는 '할당제도'quota system가 자리잡고 있다.[83]

분배적 정의

둘째, 분배적 정의다. 이 개념은 미국 철학자 존 롤스의 사상에서 구체화됐다. 롤스는 사회적 약자의 희생을 정당화하는 공리주의의 치명적인 약점을 극복하고자, 정당한 복지사회를 조직할 수 있는 사회 구성 원리를 사회계약론의 방법으로 재구성하여 내놓았다. 이것이 바로 1971년에 발표한 『공정론정의론』이다.

롤스는 서구의 전통적인 자유주의와 민주주의의 이상을 통합하여 공정의 두 가지 원칙을 구성했다. 제1원칙은 모든 사람이 가능한 한 가장 광범위한 자유에 대하여 평등한 권리를 갖는다는 '평등한 자유의 원칙'이다. 이 원칙은 언제나 제2원칙보다 우선한다. 제2원칙은 사회 또는 경제적 불평등은 모든 사람에게 이익이 될 수 있는 경우에만 용납되고, 모든 사회 지위는 누구에게나 개방된다는 '차등의 원칙'이다.

롤스는 이때 불평등을 인정하여 생긴 사회의 최소 수혜자에게 상대적으로 최대의 분배 몫이 돌아가도록 하는 '최소 극대화 규칙'maximin rule을 제시했다. 이 일견 평범해 보이는 규칙은, 사실 규범적인 타당성을 입증하는 혁명적이고 천재적인 발상이었다.[84]

공동 협력의 학습과 훈련

셋째, 공동 협력의 학습과 훈련의 제도화이다. 다양한 게임의 장에서 협력과 경쟁이 조화를 이루려면, 사회 구성원들이 시스템을 이해하고 그에 따라 실천해야 하는데, 이를 위해서는 부단한 교육과 훈련이 필요하다. 이런 의미에서 학교는 경쟁과 협력을 배우고 실천하는 일차 학습의 장이라 할 수 있다. 치열한 경쟁만 있고 협력을 배우지 못하거나, 협력만 강조하고 정정당당한 경쟁을 배우지 못하는 아이는 어른이 되어서도 게임에 적응하지 못한다.

서구의 명문 대학들이 신입생 선발에서 성적 외에 리더십과 자원봉사, 체육 활동 등을 중시하는 것은, 사회의 리더가 되려면 협력의 경험과 가치를 알아야 한다고 여기기 때문이다. 영국의 초등학교에서는 두 아이가 싸울 때 '둘 다 잘못했다.'는 식의 한국식 해결 방법을 택하지 않는다. 선생님이 두 아이와 주변의 얘기를 다 들은 뒤 '누구는 이것을 잘못했고, 누구는 이것을 잘못했는데, 누구의 잘못이 더 크다.'고 철저하게 시시비비를 가려준다.

또 체육 활동에서 가장 역점을 두어 가르치는 것은 기술이 아니라 페어플레이 정신이다. 페어플레이 정신은 게임의 규칙을 배우고 그에 승복하는 정신으로, 여기에는 승패가 인생의 전부가 아니며 얼마든지 기회는 다시 온다는 인생의 여유까지 포함된다.[85]

공정한 협력의 규칙

넷째, 공정한 협력의 규칙이다.

1997년 말 외환위기 직전에 우리나라 은행들은 졸속으로 '부실징후 기업에 대한 금융기관협약'이란 것을 만들어 시행했는데, 이는 불공정하기 짝이 없는 규칙이었다. 은행권 여신이 2천5백억 원 이상인 51대 그룹, 즉 빚을 많이 얻어 쓴 기업이 부도 위기에 몰리면, 채권 은행단이 긴급 자금을 지원하고 협조 융자를 해서라도 부도를 막아주는 '부도 방지 협약'이었다. 그 대신 해당 기업의 회장에게 경영권 포기 각서를 받는다고 했는데, 사실 회장이 버티면 그만이었다. 빚을 많이 쓴 기업이 그 빚 때문에 부도가 나지 않는 '대마불사'大馬不死의 불공정한 게임 규칙이 당시 우리나라 경제를 어렵게 했다.

잘못된 협력이 전체 시스템에 얼마나 나쁜 영향을 끼치는지 잘 보여주는 예이다. 이 외에도 앞서 협력의 부정적 효과로 지적했던 사회적 태만과 무임승차, 도덕적 해이 등도 게임 시스템의 공정성을 해치는 중요한 요소이다. 이를 방지하고 공정한 협력 관계를 조직하려면 어떻게 해야 할까? 바로 협력기제 내부에 경쟁기제를 설계하고 운영하는 것이다. 집단의 협력 속에서 각 개인의 성과와 실적을 정확하게 평가할 수 있어야 하며, 그것이 개인별, 집단별 보상에 반영되어야 한다. 이때 평가 항목과 그 방법이 투명하고 합리적이어야 함은 물론이다.

큰 집단일수록 무임승차 효과가 강하게 나타나므로, 작은 집단으로 재구조화하고 윤리 기준을 구체적으로 마련하여 통제할 필요도 있다. 그러나 무엇보다 중요한 것은 구성원들에게 공동 협력에 대한 강한 애착과 헌신, 자긍심을 갖도록 하는 것이다.[86]

'홈 앤드 어웨이' 방식이 필요한 이유

만약 한쪽으로 경사진 축구장에서 두 팀이 각자 정해진 골대에만 골을 넣어야 한다면 어떨까? 한 팀은 내리막길로 공을 몰아 공격하고, 상대 팀은 오르막길로 공을 몰아 공격해야 하니 제대로 된 경기가 이루어질 리 없다. 물론 그런 경기장은 존재하지 않는다. '평평한 경기장'은 너무 당연하고 기본적이며 공정성 확보를 위한 전제 조건이다. 자세히 들여다보면, 스포츠 경기에는 게임의 공정성을 확보하기 위한 여러 장치들이 있다.

'홈 앤드 어웨이'(home and away) 방식도 그렇다. 홈 구장에서 경기하는 것은 아무래도 익숙해 유리하고, 낯선 상대편 지역 구장에서 경기하는 것은 불리할 가능성이 높다. 그래서 한 번씩 홈 구장과 상대편 구장을 번갈아가며 경기를 치르는 것이다. 축구에서 두 팀이 전반전과 후반전 골대를 맞바꾸는 것도 마찬가지다. 바람, 햇빛, 응원 관중의 위치 등에 영향을 받기 때문에 두 팀이 전반전과 후반전의 골대를 맞바꾼다. 이것은 모두 게임의 공정성을 확보하기 위한 장치다.

게임 시스템을 구축할 때 명심할 10가지 원칙

1. '인간적인' 것이 효율적이다

2. 즐거움만큼 효율적인 것은 없다

3. '인간적인' 것은 풍요로운 것이다

4. 전문적인 멀티플레이어가 돼라

5. 리더십은 과학이 아니라 예술이다

6. 협력 없이는 승리도 없다

7. 합한다고 반드시 커지는 않는다

8. 경쟁을 '파레토 최적'에 맞추라

9. 공유하면 더 커진다.

10. 100퍼센트 공정한 게임은 없다

33
게임은 계속된다

태어나서 죽는 순간까지 모든 인간이 원하든 원하지 않든 간에 게임의 장 속에서 살아가야 한다면, 무엇보다 중요한 것은 게임에 임하는 마음가짐일 것이다. 지금까지 살펴본 여러 게임의 원칙들도 게임자의 마음가짐에 따라 풍요로운 삶을 이루는 지침이 될 수도, 무용지물이 될 수도 있다.

요즘 많은 사람들이 '은퇴' 후의 삶에 큰 관심을 갖는다. 불안정한 미래에 대한 불안심리 때문일 것이다. 그런데 은퇴 뒤의 삶을 준비한다면서 막상 관심을 갖는 것은 '경제적 문제'뿐이다.

직장을 떠난 뒤 죽기 전까지 내가 정말 하고 싶고, 해야 할 일이 무수히 많을 텐데, 정작 이를 진지하게 고민하는 사람은 많지 않다. 나는 정말 무엇을 원하며, 어떻게 살아갈 것인지, 자기 자신에게 물어본 일이 있는가?

인생의 마지막까지 좋은 게임을 즐기며 살아가고자 한다면, 자기 자신에게 '진정 원하는 것이 무엇인지' 끊임없이 질문을 던져야 한다. 지금 현재 내가 속한 게임의 장은 영원하지 않으며, 지금 승리했다고 해서 앞으로도 계속 승승장구한다는 보장도 없다. 또한 승리가 곧 행복으로 연결되는 것도 아니다.

삶의 길에는 자신만을 위한 표지판이 없기에 자신이 좋아하는 길, 정말 가치 있는 길을 선택하는 것이 중요하다.

노랗게 물든 숲 속으로 난 두 갈래 길,
몸 하나로 두 길 갈 수 없어 아쉬운 마음으로 그곳에 서서
한쪽 길이 덤불 속으로 굽어든 저 끝까지 한참을 그렇게 바라보았다.
그러고는 다른 쪽 길을 택하였다.
똑같이 아름답고 그 길이 더 나을 법했다.
......
아, 먼저 길은 나중에 가리라 생각했는데!
......
지금으로부터 먼 훗날 어디에선가 나는 한숨 쉬며 말할 것이다.
어느 숲 속에서 두 갈래 길 만나 나는 사람이 적게 다닌 길을 택했노라고.
그리고 그것 때문에 모든 게 달라졌다고.

로버트 프로스트 「가지 못한 길」

주석

1 Richard Giulianotti, *Football: A Sociology of the Global Game*, Polity Press, Cambridge, UK, 1999 ; 복진선(역), 『축구의 사회학』, 현실문화연구, 2004, 25.

2 《매일경제신문》, 2002. 5. 29.

3 《한국일보》, 2000. 6. 26.

4 《한겨레》, 2005. 9. 29.

5 《조선일보》, 2003. 4. 24.

6 《한겨레》, 2005. 10. 24.

7 류시화(엮음), 『나는 왜 너가 아니고 나인가』, 김영사, 2003.

8 《중앙일보》, 2004. 1. 9.

9 《한겨레》, 1999. 12. 8.

10 윤성식, <감사인의 독립성과 적정 감사인의 규모: 대리인 이론과 게임이론의 관점>, 《한국행정학보》, 28(3), 1994, 753~765. 이명석, <정책분석에서의 게임이론의 활용 : 제도분석틀의 관점>, 《한국행정학보》, 30(2) : 1996, 49~63.

11 김영세, 『게임이론 - 전략과 정보의 경제학』, 박영사, 1998, 6.

12 김영세, 『게임이론』, 18~20 ; 윌리엄 스톤, 『죄수의 딜레마』, 박우석(역), 양문, 2004 참조.

13 《동아일보》, 2006. 1. 2.

14 《동아일보》, 2003. 10. 21.

15 《한겨레》, 2003. 6. 3.

[16] 고두현(서울신문 체육부 기자), 《수레바퀴》(1992년 8월호 기아자동차 사보), 11쪽 인용 참조.

[17] 《한국일보》, 2000. 5. 24.

[18] 《한겨레》, 2000. 5. 29.

[19] Gordon W. Russell, *The Social Psychology of Sport*, Springer-Verlag, New York, 1993, 92.

[20] 《동아일보》, 2004. 6. 16.

[21] 《동아일보》, 2005. 7. 6.

[22] Viktor Frankl, *Man's Search for Meaning : An Introduction to Logotherapy* ; 김충선 (역), 『죽음의 수용소에서』, 청아출판사, 1995, 175.

[23] 『죽음의 수용소에서』, 128~130의 발췌 인용.

[24] 《매일경제》, 2003. 12. 27.

[25] 《동아일보》, 2002. 11. 23.

[26] 《매일경제》, 2002. 12. 14.

[27] 《한겨레》, 1996. 6. 23.

[28] George A. Akerlof, "The Market for 'Lemons': Quality Control and the Market Mechanism," *Quarterly Journal of Economics*, 1970, 488–500 ; 김영세, 『게임이론』, 박영사, 1998, 379~380.

[29] 김영세, 『게임이론』, 11~12, 378~380, 427.

[30] 《중앙일보》, 2005. 12. 16.

[31] 《중앙일보》, 2005. 12. 16.

[32] N. Gregory Mankiw, *Principles of Economics*, 2nd ed., 김경환·김종석(역), 『맨큐의 경제학』, 2판, 교보문고, 2001, 8~9.

[33] 《한겨레》, 2006. 3. 3.

[34] 《동아일보》, 1999. 9. 17, "남세스러운 심판 자질", 김상수 기자의 기사.

[35] 《중앙일보》, 2005. 12. 19.

[36] 《한겨레》, 2002. 1. 9 및 2002. 10. 30 기사 참조.

[37] 《동아일보》, 2003. 7. 16.

[38] Clement E. Vose, "Conflict of Interest", *in Encyclopedia of the Social Sciences*, New York: Macmillan, 1968, 242~245.

[39] 《동아일보》, 2003. 4. 10.

[40] 《동아일보》, 2005. 12. 23.

[41] 《한국일보》, 2001. 3. 2.

[42] 《중앙일보》, 2006. 3. 8.

[43] 《한겨레》, 2001. 5. 3,

[44] 《한국일보》, 2000. 5. 27,

[45] Martin Landau, "Redundancy, Rationality, and the Problem of Duplication and Overlap", *Public Administration Review*, Vol. 29, 1969, 346-358 참조.

[46] 백완기, 『행정학』, 박영사, 2001, 140~148 참조.

[47] 《한겨레》, 2002. 1. 22.

[48] 《한겨레》, 2006. 10. 24.

[49] 《동아일보》, 2002. 1. 1.

[50] 《조선일보》, 2005. 6. 1.

[51] 《동아일보》, 1998. 11. 17.

[52] 《한겨레》, 1999. 7. 28.

[53] 《조선일보》, 2004. 3. 12.

[54] Kang Hee-Joon, "How Not to Solve Problem of Fake Resumes", *The Korea Times*, 2004. 1. 26.

[55] 사회자본 이론의 대표자 중 한 명인 퍼트넘은 이탈리아 지방정부의 제도적 성과의 차이를 설명하고, 미국의 사회자본(시민공동체)의 쇠퇴 경향과 이유를 해명하려고 하였다. 사회자본 이론은 결국 정부 활동의 성공 요인을 종래 국가중심적인 관점에서만 설명하려고 하고 사회중심적인 관점, 즉 시민사회의 특징에 대해서는 소홀하게 여겼던 점을 반성하고, 두 관점을 균형 있게 보려고 하는 통합적 관점의 중요성을 재발견하는 데 기여했다. Robert D. Putnam with R. Leonardi & R. Y. Nanetti, *Making Democracy Work: Civic Tradition in Modern Italy*, Princeton, N.J. : Princeton University Press, 1993 ; 남궁근, 『비교정책연구』, 법문사, 1998, 226~232.

[56] 《한국일보》, 1996. 11. 27.

[57] 오리오 기아리니 · 파트릭 리트케, 『노동의 미래』, 김무열(역), 동녘, 1999.

[58] 《한겨레》, 1997. 1. 11.

[59] 《한겨레》, 2004. 11. 23.

[60] 《조선일보》, 2005. 3. 29.

[61] 《한겨레》, 2002. 1. 22 및 《동아일보》, 2006. 1. 21.

[62] 오석홍, 『행정학』, 나남출판, 1998, 599~600 참조.

[63] B. Guy Peters, *The Future of Governing*, University Press of Kansas, 1996, 제3장 참조.

[64] 《동아일보》, 1998. 11. 17,

[65] 《한겨레》, 2005. 12. 29 및 2006. 2. 2 '무대 노승림 X파일' 칼럼 참조.

[66] 《한겨레》, 2006. 3. 2.

[67] 오석홍, 『행정학』, 485~499 ; 유민봉, 『한국행정학』, 박영사, 2005, 274~295.

[68] 어니스트 새클턴, 『South』, 뜨인돌, 2003.

[69] 《동아일보》, 2002. 6. 19.

[70] 《동아일보》, 2006. 1. 16,

[71] 《한겨레》, 1999. 12. 15.

[72] 《한겨레》, 2000. 9. 1.

[73] Gordon W. Russell, *The Social Psychology of Sport*, Springer-Verlag, New York, 1993, 82－86 참조.

[74] Garrett Hardin, "The Tragedy of the Commons", *Science* 162(1968, December 13), 1243－1248.

[75] 이기상, 『철학노트』, 까치글방, 2002, 56.

[76] 이준구, 『재정학』, 다산출판사, 1994, 70~73 ; 김동건, 『현대 재정학』, 전정판, 박영사, 1995, 9~13.

[77] Adam Smith, *An Inquiry into the Nature and Causes of the Nations*, Edwin Cannan(ed.), N.Y., Modern Library, 1937, 14, 423.

[78] Amartya Sen, Development as Freedom(1999), 박우희(역), 『자유로서의 발전』, 세종연구원, 2001, 150~153.

[79] 《매일경제》, 2006. 4. 4.

[80] 《동아일보》, 2003. 7. 4,

[81] Gordon Russel, 앞의 책, 27-29 참조.

[82] 《한겨레》, 2006. 5. 10.

[83] Jim Hoagland(Washington Post Writers Group), "Round-the-World Ruling," *The Korea Times*, 2003. 6. 28.

[84] John Rawls, *A Theory of Justice*, Cambridge, Harvard University Press, 1971 ; T. K. Seung, *Intuition and Construction*, Yale University Press, 1993 ; 김주성, "존 롤즈와 승계호 : 현대자유주의 정치철학의 갈림길", T. K. Seung, 『직관과 구성』, 김주성 외(역), 나남, 1999, 437~461.

[85] 《동아일보》, 2002. 1. 8.

[86] 앞의 Gordon Russell의 책, 84-87 및 김영세, 『게임이론』, 249, 321, 441 참조.

인생은 게임으로 통한다

2006년 12월 5일 초판 1쇄 발행
2011년 3월 15일   2쇄 발행

지은이 박정택
펴낸이 노경인

종이 세원지업
인쇄 백왕인쇄
공급반품 문화유통북스

펴낸곳 도서출판 앨피
주소 : 우)121-842 서울시 마포구 서교동 478-22 벨메송 302호
        전화 335-0525, 팩스 0505-115-0525
        전자우편 nomio22@hanmail.net
        등록 2004년 11월 23일 제313-2004-272

ⓒ 박정택

ISBN 978-89-92151-06-3 03810